Die Lehrjahre der zwei Schwestern

Ottilie Wildermuth

Impressum

Autor: Ottilie Wildermuth
Umschlagkonzept: toepferschumann, Berlin

Verlag: tradition GmbH, Hamburg
ISBN: 978-3-8424-1260-6
Printed in Germany

Tucholsky Wagner Zola Scott Sydow Freud Schlegel
Turgenev Wallace Fonatne
Twain Walther von der Vogelweide Fouqué Friedrich II. von Preußen
Weber Freiligrath Frey
Fechner Fichte Weiße Rose von Fallersleben Kant Ernst Frommel
Richthofen
Hölderlin
Engels Fielding Eichendorff Tacitus Dumas
Fehrs Faber Flaubert
Eliasberg Ebner Eschenbach
Feuerbach Maximilian I. von Habsburg Fock Eliot Zweig
Ewald Vergil
Goethe London
Elisabeth von Österreich
Mendelssohn Balzac Shakespeare
Lichtenberg Rathenau Dostojewski Ganghofer
Trackl Stevenson Doyle Gjellerup
Mommsen Tolstoi Hambruch
Thoma Lenz Hanrieder Droste-Hülshoff
Dach Verne von Arnim Hägele Hauff Humboldt
Reuter
Karrillon Garschin Rousseau Hagen Hauptmann Gautier
Damaschke Defoe Hebbel Baudelaire
Descartes
Hegel Kussmaul Herder
Wolfram von Eschenbach Dickens Schopenhauer
Darwin Melville Grimm Jerome Rilke George
Bronner Bebel Proust
Campe Horváth Aristoteles
Bismarck Vigny Barlach Voltaire Federer Herodot
Gengenbach Heine
Storm Casanova Tersteegen Grillparzer Georgy
Chamberlain Lessing Langbein Gilm Gryphius
Brentano Lafontaine
Strachwitz Claudius Schiller Kralik Ifland Sokrates
Katharina II. von Rußland Bellamy Schilling
Gerstäcker Raabe Gibbon Tschechow
Löns Hesse Hoffmann Gogol Wilde Vulpius
Luther Heym Hofmannsthal Gleim
Roth Klee Hölty Morgenstern Goedicke
Luxemburg Heyse Klopstock Kleist
Puschkin Homer Mörike
La Roche Horaz Musil
Machiavelli Kierkegaard Kraft Kraus
Navarra Aurel Musset
Nestroy Marie de France Lamprecht Kind Kirchhoff Hugo Moltke
Laotse Ipsen Liebknecht
Nietzsche Nansen
Marx Lassalle Gorki Klett Ringelnatz
von Ossietzky Leibniz
May vom Stein Lawrence Irving
Petalozzi Knigge
Platon Pückler Michelangelo Kafka
Sachs Poe Kock
Liebermann Korolenko
de Sade Praetorius Mistral Zetkin

Der Verlag tradition aus Hamburg veröffentlicht in der Reihe **TREDITION CLASSICS** Werke aus mehr als zwei Jahrtausenden. Diese waren zu einem Großteil vergriffen oder nur noch antiquarisch erhältlich.

Symbolfigur für **TREDITION CLASSICS** ist Johannes Gutenberg (1400 — 1468), der Erfinder des Buchdrucks mit Metalllettern und der Druckerpresse.

Mit der Buchreihe **TREDITION CLASSICS** verfolgt tradition das Ziel, tausende Klassiker der Weltliteratur verschiedener Sprachen wieder als gedruckte Bücher aufzulegen – und das weltweit!

Die Buchreihe dient zur Bewahrung der Literatur und Förderung der Kultur. Sie trägt so dazu bei, dass viele tausend Werke nicht in Vergessenheit geraten.

Ottilie Wildermuth

Aus dem Frauenleben. Zweiter Band.

1862

Die Lehrjahre der zwei Schwestern

Z' lüzel und z' viel
Verderbt alles Spiel.

Altes Sprüchwort.

*

1. Im Vaterhaus

In der Studirstube des Pfarrers zu Altenzimmern war eben Lehrstunde, seine zwei Töchterlein saßen in voller Arbeit mit Rechentafeln am eichenen Tisch. Der Pfarrer ging, wie es schien, in einiger Verzweiflung rasch auf und ab, und blieb endlich vor der ältern der Mädchen stehen, die ihre Tafel vor sich mit verwirrter Miene anblickte, während die andere eifrig und emsig fortrechnete. »Aber ich bitte Dich, Leonore,« begann er jetzt mit mühsam errungener Geduld, »verstehst du noch den Ansatz nicht? siehst du nicht ein, daß die zwei innern Glieder mit einander multiplizirt werden müssen und mit dem äußern dividirt, um das Resultat zu finden?«

»Sieh, so!« zeigte ihr Sophie, die jüngere, die eben triumphirend das Facit ihrer Rechnung aufschrieb. Leonore blickte auf die Tafel der Schwester ebenso konfus als auf ihre eigene, sie hatte keine andere Sehnsucht als aus der Lehrstube fort zu sein, während Sophie, etwas großthuerisch, sich ein neues schweres Exempel vom Papa erbat, den der Eifer der jüngeren Tochter nur um so mehr gegen die Hartlernigkeit der älteren aufbrachte. Er mußte zuletzt darauf verzichten, Leonoren heute noch die Regel-de-tri beizubringen, und ließ sie eine einfache Addition rechnen, die sie endlich herauswürgte.

Nun ging's an's Diktirtschreiben: Sophiens Feder ging wie geflogen, und im Triumphe zeigte sie die korrekte Schrift dem Vater, der wirklich nicht Einen Fehler darin entdeckte; Leonore seufzte beständig: »ich hab's noch nicht, wie schreibt man denn das?« und suchte, so weit es ihr möglich war, über der Schwester Achsel in ihre Schrift zu spähen, die in kindischem Neide sie mit beiden Armen deckte. Aengstlich übergab Leonore endlich ihr mühsames Gekritzel dem Vater, schon gewöhnt an das Ach und Oh, mit dem er ihre Kunstwerke aufnahm. »Aber um Gotteswillen, wie greifst du's an, so zu schreiben? Wäld statt Welt, und Fader statt Vater! – kein ABC-Schütz würde solche Fehler machen, und bist zwölf Jahre alt!« Ein Strich um den andern kam mit der rothen Dinte, die Schrift sah wie ein wahres Blutbad aus, bis der Vater im höchsten Aerger das ganze Geschreibsel durchstrich und Leonoren vor die Füße warf.

Er faßte sich gewaltsam und begann die Geographiestunde mit den Mädchen, – Sophie wußte über Alles Bescheid, fand alle Städte, nach denen der Vater fragte, auf der Karte, und wußte fast von allen etwas Merkwürdiges zu erzählen; Leonore blickte mit derselben Angst auf die Landkarte, wie zuvor auf ihre Schiefertafel und ihre Diktirschrift, nannte Nürnberg als die Hauptstadt von Oestreich, versetzte den Kaukasus nach Spanien und wurde immer blöder und dummer, je ärgerlicher der Vater, und je triumphirender Sophie wurde. Da ertönte von unten die Stimme der Frau Pfarrerin: »Schick' mir doch eine von den Mädchen, sie sollte mir in der Küche helfen!« Plötzlich erheiterte sich Leonorens Gesicht, und ohne des Vaters Erlaubniß abzuwarten, war sie auf der Treppe, seelenfroh, der gehaßten Stube entrinnen zu können.

Zum Mittagessen kam Sophie erst mit dem Vater, als die Suppe schon auf dem Tische stand; sie hatte vergessen, daß es an ihr gewesen wäre, den Tisch zu decken. Leonorens Armesündermiene hatte sich etwas aufgehellt, als sie Klößchen auftrug, die sie, nach der Mutter Zeugniß, selbst verfertigt hatte; auch der Vater konnte ihr, dem wohlgelungenen Gericht zu Liebe, den spanischen Kaukasus verzeihen. Er repetirte übrigens mit Sophie unter dem Essen französische Konjugationen, die Leonoren der Gipfel des Entsetzens waren, und bemerkte nicht, wie diese der Mutter alle Handreichung bei Tische that, während Sophie, achtlos und gleichgültig darauf, sich bedienen ließ, statt zu dienen.

Es war Nachmittag, der Vater hatte sich in seine Studirstube zurückgezogen und die Mädchen sollten sich jetzt bei der Mutter mit Handarbeit beschäftigen. Nun aber wendete sich das Blatt, der Morgen war Sophiens Glanzzeit, am Nachmittag ging Leonorens Stern auf. Leonore, bereits vom Strickstrumpf zum Nähzeug vorgerückt, saß, gesetzt wie eine alte Person, der Mutter gegenüber, und stichelte emsig und zierlich darauf los. Sophiens Strickzeug sah leider noch so fatal aus, zeigte so viele gefallene und gespaltene Maschen, hatte meist eine solch' schmutziggraue Farbe, daß die Mutter ihr noch keine andere Arbeit gestatten wollte. Sie hatte sich mit ihrem Strickstrumpfe hinter die Mutter gesetzt, und sie wußte wohl warum; denn als einmal Leonore und die Mutter recht im Zuge waren, und sie nicht beachteten, zog sie ein Büchlein aus der Tasche und hub an eifrigst darin zu lesen. Zwar behielt sie auch die Arbeit dabei in der Hand und suchte anfangs Beides zu vereinigen; bald aber war das Buch viel interessanter als der Strumpf, sie strickte achtlos über gefallene Maschen hinüber, und als es im Buche so gar schön kam, ließ sie zuletzt das Strickzeug ganz in den Schooß sinken.

»Strickst du auch, Sophie?« fragte endlich die Mutter, der das lange Schweigen verdächtig wurde. »Nein, sie liest,« sagte Leonore, die nach ihr hingesehen.

»Aber, Sophie, ich bitte dich,« rief die schwer geärgerte Mutter, indem sie ihr das Buch wegriß, »wie kannst du das thun? da sieh dein abscheuliches Strickzeug, das einem sechsjährigen Kinde Schande machen würde, und du willst noch lesen dazu? denkst du denn gar nicht, was aus dir werden soll, wenn du auch nicht einmal die allernöthigsten Arbeiten verstehst?«

Sophie mußte sich nun der Mutter gegenüber setzen, damit diese sie im Auge hätte, und sie saß da mit trübseligem Gesicht und dachte, welche Langweilerei das sei, während Leonore mit immer heiterer Miene ihre wohlgelungenen Nähte und Säume der Mutter zeigte.

»Du bist recht garstig,« sagte Sophie zu Leonoren, als die Mutter aus dem Zimmer war, »was brauchtest du der Mutter zu sagen, daß ich lese?«

»So? meinst du, ich soll dir zu Allem helfen, und du hast mich heut' nicht einmal einsehen lassen beim Diktirtschreiben?«

»Wenn du,« begann Sophie, die eben an einer ganz schwierigen Stelle ihres Strumpfes zu sein schien, etwas zögernd, »mir geschwind die Nester da zurecht machen willst, so will ich dich morgen einsehen lassen, und will dir auch bei deiner Rechnungsaufgabe helfen.« So versöhnten sich die Schwestern und vereinigten sich zu gegenseitiger Hilfe; das wäre recht hübsch und gut gewesen, wenn sie einander geholfen hätten, ihre Fehler zu verbessern, statt sie zu verbergen, was nur den Schaden vergrößerte.

Der Tag mit seinen Mühen war vorüber. Die Mädchen hatten ihre Freistunde benützt, jede nach eigenem Gefallen, – Sophie hatte sich in die Laube des Hausgärtchens mit einem Buche gesetzt und Leonore spielte mit den Nachbarmädchen Frau Base: sie war die Hausfrau und schulte ihre Mädchen tüchtig herum, wobei sie wirklich schon ganz hübsche Kenntnisse in Hausgeschäften und Küchengarten verrieth.

Nach dem Abendessen waren die Mädchen zu Bette gegangen, und der Pfarrer und seine Frau saßen noch in ruhigem Gespräche beisammen. »Ich versichere dich, Luise,« fuhr er fort, »Sophie macht dir einen Aufsatz, so gut, daß man ihn drucken könnte, und sogar Verse hat sie schon gemacht, ich habe es neulich entdeckt; es ist wirklich eine Freude mit dem Mädchen.«

»Was helfen mich ihre Aufsätze, und ihre Verse, und ihr guter Kopf,« begann in etwas klagendem Tone die Frau Pfarrerin, »wenn sie so ungeschickte Hände dabei hat? ich will Von der Küche noch nicht sagen, sie ist ja noch jung, obwohl Leonore schon voriges Jahr auf dem Schemel am Herde stand; aber einen ordentlichen Strumpf könnte man von einem elfjährigen Mädchen doch erwarten, und ich versichere dich, sie kann keinen Tisch vernünftig decken, immer mit den Gedanken in den verwünschten Büchern! erst gestern deckte sie dir zwei Gabeln, mir zwei Messer und sich drei Löffel, und diesen Morgen warf sie ein Waschbecken, das sie ausleeren sollte, sammt dem Wasser zum Fenster hinaus.«

»Wird sich schon noch geben,« meinte der Pfarrer, »jetzt ist ja doch eigentlich die Zeit des Lernens für Kinder; da macht mir Leonore viel mehr Sorge mit ihrer grenzenlosen Unwissenheit, mit ihrem Mangel an aller Freude am Lernen, das ersetzt sich später viel, viel schwerer.«

»Nun,« sagte die Mutter beruhigt, »zur Gelehrten ist eben Leonore nicht bestimmt.«

»Handelt sich nicht um Gelehrsamkeit, aber sie weiß ja nicht das Nothdürftigste; wie nur zwei Schwestern so verschieden sein können!« »Weißt du,« sagte die Pfarrerin nachdenklich, »das kommt wohl neben der natürlichen Begabung auch von der verschiedenen Umgebung der Kinder in den ersten Lebensjahren. Leonore hat die Mutter ja zu sich genommen, wie ich, dem Tode nahe, in den Wochen lag mit Sophie. Den alten Großeltern, die einsam wohnten, war das Kind, das bald liebte, ihnen kleine Dienste zu thun und mit der Großmama im Hause herum zu trippeln, viel zu lieb, als daß sie's mit Ernst zum Lernen angehalten hätten, zu dem es nie besondere Lust zeigte; wenn die guten Eltern nicht gestorben wären, ich glaube, wir hätten das Mädchen nimmer bekommen, und sie hätte nicht buchstabiren gelernt. Die Sophie aber, das weißt du selbst am Besten, wie du, als ich so lange schwach und leidend blieb, das Kind Tage lang auf deine Stube nahmst und sie mit Büchern spielen ließest; da muß dem Mädchen der Lerngeist angeflogen sein.«

»Das wäre nicht übel,« sagte lächelnd der Pfarrer, »wenn das Talent mit dem Bücherstaub in den Menschen eindränge, da thäte man am besten, die Knaben, bei denen doch das Lernen unentbehrlich ist, alle in Bibliotheken aufzuziehen. Wir haben keinen Buben: drum laß mir die Freude, den Geist der Sophie auszubilden, an dem mancher Knabe froh sein dürfte. Das Stricken und Nähen wird sich schon noch finden; ein gescheidtes Mädchen erkennt später selbst, was da nöthig ist.«

»Gott geb's!« sagte die Mutter mit einem Seufzer; ihr schien Leonorens Unwissenheit viel weniger bedenklich, als Sophiens frühe Gelehrsamkeit.

2. Das erste Leid

Nicht lange mehr war's der besorgten Mutter vergönnt, sich mit dem treuen Vater über die Entwicklung ihrer Kinder zu besprechen. In das friedliche Stillleben des Pfarrhauses brach das Leid plötzlich, ungeahnt und darum um so schwerer. Eine Entzündungskrankheit raffte in wenigen Tagen den Vater weg, der seither mit seiner geistigen und körperlichen Kraft der Mutter schirmend und stützend zur Seite gestanden war. Die arme Frau, die seither nur in dem Gatten gelebt, in allen Fällen um Rath und That zu ihm aufgeblickt hatte, brach fast zusammen unter diesem Schlage und konnte sich nicht denken, wie sie jetzt noch das Leben ertragen könne. In die harmlose Seele der Kinder, die seither nur die kleinen Leiden und Freuden des Alltagslebens gekannt, fiel dieser erste tiefe Jammer mit furchtbarer Gewalt: sie glaubten nicht, daß sie je in ihrem Leben wieder froh werden könnten. Die so verschiedenartigen Schwestern waren Eins in dem tiefen Leide. Sophie besonders war trostlos, es war ihr so unendlich viel mit dem Vater gestorben, dessen Liebling sie gewesen, der mit so herzlicher Liebe und Freude die Entwicklung ihres jungen Geistes überwacht hatte; Leonore fühlte neben der Trauer um seinen Verlust tiefe Bekümmerniß darüber, daß sie so oft ihn betrübt hatte, daß sie so gar nicht nach seinem Sinne gewesen war. Sie gelobte sich, nun dem Todten zu Liebe Alles zu thun, was sie bei dem Leben des Vaters so oft nur mit Widerwillen und aus Zwang gethan hatte, und nach all den Kenntnissen zu streben, auf die er so hohen Werth gelegt hatte. Auch Sophie sprach zu sich in der Stille heilige Gelübde aus; sie ahnte wohl, was die Mutter verloren, und sie wollte ihr nun eine treue gehorsame Tochter sein, sie wollte ihr Freude machen mit all den häuslichen Uebungen und Handfertigkeiten, die sie seither so vernachlässigt hatte. – Eine schöne Sache um diese jugendlichen Vorsätze: es sind Funken, die zur Lebensleuchte werden können, wenn man sie nährt aus der Quelle des ewigen Lichts, in herzlichem, demüthigem Gebet; aber sie sind ein Strohfeuer, das aufflackert und bald zusammensinkt, wenn man glaubt, aus eigener Macht sie zur Flamme anfachen zu können.

Bald nach der Beerdigung des Pfarrers, der seiner Heerde ein so treuer Hirte gewesen, als den Seinigen ein guter Vater, versammelten sich auf die Bitte der Wittwe ihre nächsten Angehörigen, um mit ihr zu berathen, was für ihre und der Kinder Zukunft am besten sei.

Es kam Stadtpfarrer Winter, ein älterer Bruder des seligen Pfarrers, der alte Amtmann Maier, ein Onkel der Pfarrerin, und ihr einziger Bruder, der Professor an einem Gymnasium war. Herr Maier, der Begütertste von den Dreien, war zugleich Vormund der Mädchen, die beiden Andern aber besaßen mehr guten Willen als Mittel, der Wittwe ihre Zukunft zu erleichtern; Beide hatten selbst eine zahlreiche Familie.

Zunächst war von wirklichem Mangel auch nicht die Rede; das kleine Vermögen der Pfarrfrau nebst ihrer Pension konnte für ihre bescheidenen Bedürfnisse ausreichen, besonders wenn sie, wie es ihr sehnlichster Wunsch war, auf dem Dorfe bleiben durfte, wo ihr Mann im Segen gewirkt und auch sie bis jetzt viel Liebe und Theilnahme erfahren hatte. Hauptsächlich war nun zu erwägen, wie am besten für die Ausbildung und die Zukunft der Mädchen gesorgt werde. Die Mutter theilte den Verwandten die Eigentümlichkeit der beiden Kinder mit, und die großen Mängel, die sich noch bei jedem von ihnen fänden: Sophiens Nachlässigkeit, ihre Trägheit und ihr Ungeschick in allen Handarbeiten und häuslichen Geschäften und Leonorens Unwissenheit, wobei sie freilich als zärtliche Mutter nicht versäumte, auch ihrer Vorzüge zu erwähnen.

In den Kummertagen, wo sich die Mutter so einsam gefühlt, waren die Kinder die einzigen Vertrauten ihrer Sorgen und Pläne gewesen; so glaubten sie auch jetzt Sitz und Stimme in dem Familienrathe zu haben, zumal da sich's um ihre Zukunft handelte. Sophie bat dringend, man möge ihr doch gestatten, zu lernen und zu lesen, Handarbeiten und das Alles könne sie noch lange lernen und wolle gewiß später Alles thun; von den Gründen des seligen Vaters hatte sie gerade so viel aufgeschnappt, als für ihre Wünsche bequem war; ebenso bat Leonore mit Thränen, sie doch mit dem unnöthigen Lernen zu verschonen, die Mutter habe ja auch nicht Französisch und Geographie gelernt und sei doch eine rechte Frau u. s. w., daß sie aber nicht dabei ordentlich lesen und schreiben könne, das sagte mein Lorchen so wenig als Sophie bekannte, daß sie keinen Strumpf zu stricken im Stande sei.

»Du hast recht, Mädel!« rief der Amtmann, »die gefällt mir, Frau Schwägerin, und wenn sie nimmer weiß, wohin, so gibt's in meinem Hause schon noch ein Plätzchen für sie; aus der wird etwas! wer hat denn zu unsrer Mütter und Großmütter Zeiten von dem gelehrten Zeug gewußt, das wirklich die Mädchen unbrauchbar macht …«

»Die Zeiten unsrer Väter und Großmütter waren andere als die unsrigen,« meinte der Stadtpfarrer mit seinem ruhigen Lächeln, »die Mädchen kommen öfter als in früherer Zeit in die Lage, auf eigenen Füßen stehen zu müssen; darum ist es nöthig, keine Fähigkeit auch bei ihnen unausgebildet zu lassen.«

»Nicht wahr, Onkel,« rief die kleine Sophie mit Thränen, »und so ist's gewiß für mich das Beste.«»Es muthet dir Niemand zu, Kind, schon zu wissen, was für dich das Beste ist,« sagte mit etwas ernstem Tone der Stadtpfarrer, der es nicht liebte, daß sich die Kinder in den Familienrath mischten, »Einsicht in die Verhältnisse ist von Kindern noch nicht zu erwarten, aber sie haben ein köstliches Ersatzmittel dafür: den Gehorsam. Selbst wir Alten können schwer beurtheilen, was für Euch das Klügste ist, was aber das Rechte ist, das läßt sich mit Gottes Hilfe finden, und recht ist vor Allem, daß ihr der Mutter gehorcht, so gut wie den Wünschen des seligen Vaters.«

»Es kommt mir überflüssig vor, darüber zu streiten, ob es besser sei, den Mädchen mehr eine häusliche, oder eine wissenschaftliche Bildung zu geben,« fiel etwas ungeduldig der junge Professor ein, »wir haben hier nur den Winken der Natur zu folgen, jede Erziehung wird verkehrt, die der angebornen Richtung der Kinder widerstrebt; darum lassen wir jede der Mädchen nach ihrer Eigenthümlichkeit gewähren und legen keiner ein Joch auf, das ihrer Natur Zwang anthut.«

»Es gibt ein Gesetz, das über dem der Natur steht, Herr Schwager,« fiel der Stadtpfarrer ein, »wir wollen Lorchen nicht zur Gelehrten zwingen und Sophie nicht zur bloßen Haushälterin; aber jenes höhere Gesetz verlangt für's erste, daß wir kein Pfund vergraben, es sei so klein es will, darum soll Leonore wenigstens das Nöthige lernen, zu dem auch sie die Gaben empfangen hat, und Sophie soll bedenken, daß wir das Unsrige schaffen sollen mit unsern eigenen Händen, und daß ihr Geschlecht vor Allem und neben allen Kenntnissen zur treuen Gehülfin des Hauses berufen ist.«

Wir wollen den Streit der Herren, der noch gar lange dauerte, nicht wiedergeben. Das Ende der Berathung war, daß Frau Winter im Dorf bleiben und Leonore bis zur Konfirmation bei sich behalten solle, wo sie neben weiblichen Geschäften den Unterricht der Dorfschule fleißig benützen könne. Sophie wollte man in ein Töchterinstitut der Hauptstadt bringen, wo sie außer dem wissenschaftlichen Unterricht auch die beste Gelegenheit habe, sich in Handarbeiten zu üben. Nach der Konfirmation erbot sich der Amtmann, Leonore in sein Haus zu nehmen, wo sie reichlich Gelegenheit hätte, ihre häusliche Fertigkeit zu üben; Sophie sollte dann bei der Mutter oder beim Onkel Stadtpfarrer wenigstens das Nöthigste der Haushaltung lernen. Dem Onkel Professor machten seine sieben eigenen, ungezogenen Kinder, die er alle nach ihrer Eigenthümlichkeit erziehen wollte, den Kopf warm genug; er konnte nicht noch eine weitere Eigenthümlichkeit über sich nehmen, aber er versprach, einen Beitrag zu dem Pensionat für Sophie zu geben.

Die drei Onkel reisten ab, Leonore hatte großes Zutrauen zum Großonkel Maier, Sophien gefiel besonders der Onkel Professor, der Onkel Stadtpfarrer hatte keiner von Beiden sehr gefallen; was der Eine von der Eigenthümlichkeit gesagt, war viel angenehmer, als das vom Gehorsam. Die Zeit wird lehren, welcher von Beiden recht hatte.

3. Gegenseitiger Unterricht

Ein Vierteljahr war der Wittwe vergönnt, noch im Pfarrhause zu bleiben, und so lange behielt sie beide Mädchen bei sich. Es war dies eine stille, traurige, aber doch eine gute, friedliche Zeit für die Mädchen; sie gaben sich Mühe, der Mutter Freude zu machen, und lebten im Gefühle der nahen Trennung einträchtig zusammen. Nur mit dem Arbeiten und Lernen wollte es nicht recht gehen. Leonore hatte große Scheu vor der Dorfschule und wollte sich lieber noch dazu entschließen, einstweilen von der jüngern Schwester zu lernen, die sich dadurch sehr wichtig fühlte. Die Lektionen sollten in des Vaters Zimmer gegeben werden, da der Mutter Ruhe und Stille so noth that, und Leonore auch nicht liebte, daß Jemand sie als die Schülerin der Jüngern sehe. Die Vorbereitungen zu den Lehrstunden wurden stets mit großer Feierlichkeit gemacht. Leonore hatte alles Nöthige bei der Hand; Sophie dagegen mußte ihr Buch und was sie sonst brauchte, meistens erst lange zusammensuchen, bis es später Leonore in Verwahrung nahm. Nun fing man an: Sophie diktirte ein Rechenexempel aus des Vaters Buche;»das ist nur zum Addiren, das mußt du können!« Leonore rechnete mit vieler Mühe die erste Reihe zusammen und schrieb 47 darunter.»Du darfst blos 7 schreiben,«sagte Sophie,»die 4 mußt du behalten. -»Warum behalten? das hilft mich nichts!« -»Weil es Zehner sind, mußt du die 4 zu den Zehnern rechnen!« schrie Sophie, bereits ungeduldig. -»Was, Zehner?« rief Leonore weinerlich;»47 ist herausgekommen!« -»Siehst du, so!« rief die ungeduldige Sophie, und rechnete ihr das ganze Exempel ohne weitere Erklärung vor.»Begreifst du's jetzt?« -»Ja,« sagte Leonore, die es keineswegs begriffen, und schrieb mit allerlei krummen und mißgestalteten Zahlen das ganze Exempel ab, während Sophie für sich eine schwerere Aufgabe löste, oder auch ein Lesebuch erhascht hatte, in das sie sich so vertiefte, daß sie ganz vergaß, nach der Schwester zu sehen. Diese, nachdem sie ihre Zahlen, die eben so wohl chaldäisch hätten sein können, hingekritzelt, fand das müßige Dasitzen langweilig und zog ihr Strickzeug hervor, und in dieser Weise endeten meistens die schwesterlichen Lektionen. Nicht viel besser ging's mit den Handarbeiten, bei denen jetzt Leonore die Lehrerin vorstellen sollte, da die Mutter meist noch zu matt und angegriffen war, um viel darnach zu sehen. Anfangs ging es recht hübsch:»wir wollen in die Wette stricken, Sophie!«schlug Leonore vor, die sich beim Arbeiten immer wieder aus dem Stand der Demüthigung erhob, in den sie das Lernen versetzt hatte. -»Ist recht,« sagte Sophie,»wir wollen Nadeln zählen.« Da ging's aber: eins, zwei, drei bei Lorchen, bis Sophie eine einzige Nadel hinunterge-knoppert hatte.»Du zählst nicht ehrlich!« klagte Sophie, oder:»halt, es gilt nicht, mir ist eine Masche gefallen!« Dann wieder:»wart', ich muß die Hände waschen, sie sind so heiß!«

Zuletzt überließ Leonore die Schwester ihrem Schicksal, strickte auf eigne Hand weiter und betrachtete wohlgefällig die langen, schneeweißen Stücke, die dem Strumpfe anwuchsen, während Sophiens Strickzeug nur kurze Absätze von Braun in Grau schattirt zeigte. Wenn sich die Mutter wieder der Sache annahm, so wurde sie durch Sophiens Ungeschick so betrübt, daß dann Leonore heimlich nachhalf, nur um die Mutter zufrieden zu stellen.

So suchte sich Jede, so gut sie konnte, dem Theil ihrer Pflicht zu entziehen, der ihr unbequem war; und all die Steinchen, die wir aus Bequemlichkeit geschwind aus unsrem Wege werfen, wachsen doch so leicht zu einem Steinhaufen, der später erst recht unbequem auf unsrem Lebensweg liegen kann! –

Nun kam eine unruhige, und eine kummervolle Zeit, bis die Mutter sich angeschickt hatte, das liebe Haus zu verlassen, in dem sie so manches glückliche, friedvolle Jahr verlebt. Mit lautem Weinen sah Sophie die Bücher des Vaters fortführen, die sie am allermeisten an sein Wesen und Wirken erinnerten; mit Thränen trennte sich Leonore von jedem Stückchen Hausgeräth, das die Mutter nicht in ihr kleines Wittwenhäuschen mitnehmen konnte. Und als an einem stillen Abend die Wittwe mit den zwei Kindern aus der Pfarrwohnung trat, die Pforte des Hauses hinter sich zuschloß und noch einmal auf die Bank vor der Thüre sank, auf der sie manch' traulichen Abend mit ihrem Gatten gesessen war, da sammelten sich laut weinend die guten Nachbarinnen um sie, und ein langer, trauriger Zug geleitete sie in die kleine Wohnung, wo sie ihre Tage beschließen sollte.

4. Das Institutsleben

Sophie war in die Pension eingetreten. Der Abschied von Mutter und Schwester war ihr sehr schwer gefallen, auch hatte sie sich in den ersten Wochen noch recht allein gefühlt. Sie kam sich so ungeschickt und unbeholfen vor unter den zierlichen, gewandten jungen Fräulein hier; ihre Spiele und Erholungen, ihre Scherze und ihre Gespräche waren so verschieden von Allem, was sie indeß gewöhnt war, – und dann das Begaffen und Bekritteln, die lauten und leisen Bemerkungen, denen eine Neuankommende ausgesetzt ist, – eine Unsitte und Unzartheit, der sich, zur Schande sei es gesagt, am meisten junge Mädchen schuldig machen, statt als Kinder schon in herzlicher Freundlichkeit gegen Fremde das Engelamt zu üben, zu dem unser Geschlecht vor Allem berufen ist; – dieß Alles machte ihr in den ersten Tagen schmerzliches Heimweh. Das aber verlor sich bald, und es gefiel ihr in Kurzem ungemein in der neuen Umgebung.

Daheim war von Seiten der Mutter das Lernen als eine Art von Luxus angesehen und nur eben geduldet worden; hier war es

Pflicht und Hauptaufgabe. Freilich waren ihr manche Fächer noch fremd, die veraltete französische Aussprache vom Papa her wurde etwas belächelt, aber zu ihrem natürlichen Lerneifer gesellte sich nun noch ein glühender Ehrgeiz, und bald fühlte sie sich den Andern gleich und hörte sich mit geheimem Vergnügen das talentvolle Mädchen nennen. Wunderbar leicht fand sie sich in die feinere Sitte, die reinere Aussprache, und sie setzte etwas darein, daß Niemand in ihr das Pfarrtöchterlein vom Land erkennen sollte. Nachmittags waren einige Stunden der Uebung in weiblichen Handarbeiten bestimmt. Diese wurden von einer französischen Demoiselle geleitet, die vor Allem darauf achtete, daß richtig und viel französisch parlirt wurde; sah sie im Uebrigen die Mädchen nur mit der Arbeit in der Hand, so war sie nicht gerade aufmerksam darauf, ob und wie jede Einzelne arbeite. Gestrickt wurde in Sophiens Klasse nicht mehr, da man annahm, daß jede im zwölften Jahre diese erste und einfache Arbeit gehörig verstehe. Man überließ die Bestimmung, was die Mädchen arbeiten sollten, gewöhnlich den Eltern. Sophie besann sich nun nicht eben, was sie noch zu lernen hatte, sondern darauf, wie sie ihre Unkenntniß am besten verbergen könne. Nun fehlt es in unsern Tagen nicht an schönen Handarbeiten, die zwar oft sehr unschön ausfallen, aber doch einen recht anständigen Vorwand zum Nichtsthun geben. So begann sie denn eine Theeserviette zu häkeln, eine Arbeit, an der sich die Fortschritte nicht so recht beurtheilen ließen, hie und da machte ihr eine mitleidige Freundin ein paar Reihen daran, im Uebrigen sagte sie ihre französischen Fabeln vortrefflich auf, und Mademoiselle Duprés fragte nicht, wie langsam die Serviette vorrücke. Als freilich die Arbeiten vor der Prüfung vorgelegt werden sollten, kam auch die mißgestaltete Serviette zu Tag, und Sophie wurde stark getadelt, – da sie aber bei der öffentlichen Prüfung die Vorsteherin entschuldigend sagen hörte: »Das Mädchen ist vom Lande und in Arbeiten etwas vernachläßigt, sonst aber eine der talentvollsten Zöglinge,« tröstete sie sich wieder; sie wurde belobt und belohnt, kehrte, mit einem Preise gekrönt, zum Ferienaufenthalte nach Hause zurück und nahm sich vor, das nächstemal Drahtkörbchen mit bunter Wolle zu flechten, eine hübsche, unnöthige und mühelose Arbeit.

Heim, in die Ferien! für wen ist das nicht ein goldnes Wort! Es war es auch für Sophie, so leicht sie sich in den Ton der Residenzpension gefunden hatte, der Zauber der Heimath übt seine Macht über jedes Herz, und als sie wieder auf der Höhe stand und hinabsah auf das alte, traute Dörfchen, in Obstgärten gebettet, da schwanden alle Schatten, die ihr je das Elternhaus getrübt, und mit Jubel eilte sie der Mutter und Leonoren in die Arme, die ihr entgegen gegangen waren.

5. Das Leben im Wittwenhause

Die Mutter und Leonore hatten indeß gar still zusammengelebt. Nachdem sie in ihrem Häuschen eingerichtet waren, sollte Leonore mit dem Schulbesuche beginnen. Dem alten Schulmeister, den es früher etwas gekränkt hatte, daß der Herr Pfarrer seine Kinder selbst unterrichtete, schmeichelte es nun, daß man ihm doch eins der Pfarrtöchterlein anvertraute, und er empfing das »Jungfer Lenorle« mit großer Höflichkeit, räumte ihr auch vorweg den ersten Platz ein, da es sich von selbst verstand, daß Jungfer Lenorle Alles am besten verstehen müsse. Das war aber leider nicht so. Das Leonorle stotterte beim Lesen, machte beim Schönschreiben Krakelfüße, wie kaum die siebenjährigen Kinder; beim Rechtschreiben wimmelte es bei ihr von Fehlern, und beim Rechnen saß sie noch verdutzt vor ihrem Exempel, wenn die Andern lange damit fertig waren. »Ei, ei, ei, Jungfer Lenorle!« sagt einmal über das andere der höfliche Schulmeister, »was haben aber der Herr Papa selig gedacht, daß Sie Ihne nicht besser unterrichtet haben,« und die Dorfkinder steckten die Köpfe zusammen, kicherten und lachten, daß die Pfarrjungfer eine »Nixkönnerin« sei.

Das gute Lorchen wäre nun nicht zu dumm gewesen, diesen demüthigenden Mängeln noch nachzuhelfen, aber es war zu faul. Statt an die Lehre des Onkel Dekans zu denken, von Treue und Gehorsam, dachte sie lieber an die des Professors von den Eigenthümlichkeiten, und suchte der Schule los zu werden.

»Mama, ich kann wirklich in der Schule nicht recht mitlernen,« versicherte sie, »der Schulmeister unterrichtet eben wieder ganz anders als der Papa selig, und ich kann mich doch nicht von den Schulkindern auslachen lassen.« – »Nein, das darfst du nicht!« sagte die Mutter mit der gewöhnlichen Wittwenempfindlichkeit, »ich weiß wohl, gegen Wittfrauenkinder nimmt man sich Alles heraus. Aber was thun?« seufzte sie, »das Gelerne muß eben einmal sein, bis zur Konfirmation wenigstens.« – »Du könntest mir ja von Herrn Fingerle Privatstunden geben lassen,« schlug Lorchen als bequemeren Ausweg vor.

Herr Fingerle war ein sehr bescheidener, junger Unterlehrer, der sich gern dazu verstand, gegen ein monatliches Honorar von zwei Gulden dem Pfarrtöchterlein täglich eine Stunde zu geben; er sagte ihr unermüdet die Sätze vor, die sie fehlerhaft las, korrigirte ihre Hefte, die eine ganze Feuerleiter von Fehlerstrichen zeigten, verbesserte ihre Krakelfüße, rechnete die Exempel richtig nach, die sie falsch gemacht hatte, und sah daneben fleißig auf die Uhr, bis zu großer Erleichterung des Lehrers und der Schülerin die Stunde ausschlug; so blieb denn Lorchen so unwissend als zuvor.

Dagegen war sie ein fleißiges, brauchbares Töchterchen daheim, und das versöhnte die Mutter wieder mit ihren Mängeln. Sie litt nicht, daß die Mutter eine Magd nahm, sie selbst kehrte und putzte, spülte und kochte, ihre Strümpfe waren schneeweiß und tadellos, ihre Hemden hübsch genäht, und bald spann sie einen feinen Faden, wie die beste Spinnerin. Das Gärtchen hinter dem kleinen Hause gedieh unter ihrer Pflege; besonders als die Konfirmation sie vollends von der lästigen Unterrichtsstunde befreite, widmete sie sich ganz und gar den häuslichen Geschäften. Die Bauernweiber, welche die Frau Pfarrerin besuchten, sagten ihr viel Schmeichelhaftes über die geschickte Jungfer, »die ja Fuchs und Has'«[1] sei, die werde besser zu brauchen sein als die Andere mit ihrer Wissenschaft, und die Mutter hörte das sehr gern. Der Pfarrer, dem Leonorens Unwissenheit im Konfirmandenunterricht aufgefallen war, hatte sich erlaubt, der Mutter eine Vorstellung deßhalb zu machen; diese aber hatte es dem jungen Manne sehr übel genommen und pflegte seither wenig Umgang mehr mit dem Pfarrhause.

»Der Professor mit seiner Eigentümlichkeit hat am Ende doch nicht Unrecht,« dachte die Mutter, als sie Leonoren so emsig und zufrieden im Hause schalten sah, seitdem sie Bücher und Federn hatte zur Ruhe legen dürfen. Sie führten wirklich ein recht stilles, ungestörtes Leben zusammen. Lorchens Fleiß überhob die Mutter jeder beschwerlichen Arbeit, und sie war in allen Geschäften, die ihr

[1] Ein Volksausdruck für große Gewandtheit und Flinkheit.

noch neu waren, eine gelehrige Schülerin. Die Mutter konnte schon frühe Morgens ruhig an der Kunkel sitzen, der einzigen Arbeit, die ihre schwachen Augen verstatteten, während Leonoren das Haus reinigte, die Hühner fütterte, das Gärtchen und die einfache Mahlzeit besorgte; dann setzte sie sich selbst auch an's Geschäft, und die Mutter freute sich ihrer flinken, geschickten Hand. Bei all' dem aber fühlte die Wittwe mehr und mehr eine Oede und Leere, ein recht schmerzliches Heimweh in ihrer Zurückgezogenheit. Sie hatte immer gern daheim und still für sich gelebt, auch war sie eine Frau von einfacher Bildung; aber doch hatte sie stets ihren Sinn offen erhalten für alles Gute und Schöne, das ihr Mann aus dem Schatze seines Lebens und Wissens mitgetheilt hatte.

An seiner Seite waren ihr die langen Winterabende nie lang geworden. Bald hatte er ihr etwas Anziehendes vorgelesen, oder Ereignisse aus seinem Amt und Leben mit ihr besprochen; auch war er stets willig, in ihre Fragen über die Geheimnisse des Gottesworts einzugehen, und so fiel in ihr Alltagstreiben immer wieder ein Funke aus einem höhern Leben.

Nun saß sie mit Lorchen den langen, langen Abend allein; man hörte oft geraume Zeit keinen Ton, als das Schnurren der Räder, die Stille wurde der Pfarrerin drückend, und sie war nicht gewöhnt, selbst die Unterhaltung anzuregen. Endlich machte sie wohl einen Versuch und hub an: »Weißt du noch, Leonore, wie uns an einem solchen Abende der Vater von der Besteigung des hohen Bergs erzählte; fällt dir der Name nimmer ein? weißt du, wo die Wege am Ende auf lauter Eis und Schnee gingen?«

»Weiß nimmer,« sagte Lorchen gleichgültig, »aber denk', jetzt ist's Werners Brunnen auch gefroren, man wird heut' Nacht die Eier in die Stube stellen müssen.«

Wollte dann Leonore noch etwas zur Abendunterhaltung beitragen, so wußte sie etwa noch, daß der neue Flachs mehr Garn gebe als der vorjährige, und daß Schäfers Kuh ein Kalb habe.

Zur bloßen Hausmaschine war Leonore nicht stumpf genug, was sie von Erheiterung und Zerstreuung bedurfte, suchte sie in der Unterhaltung mit Nachbarweibern, und sie war stets auf dem Laufenden mit allen Dorfneuigkeiten; – auf dem Lande wie in der Stadt liegt etwas Verflachendes und Austrocknendes in dem Tagesgeschwätz, wenn sich die Seele nicht tiefere und edlere Quellen daneben offen hält.

Die Mutter hatte sich so oft bei Leonorens Unwissenheit damit getröstet, daß ein frommes Herz ja doch besser sei als alles Wissen, aber sie hatte nicht bedacht, die gute Mutter, daß die einfachsten Elemente des Lernens auch die Schlüssel zu den höchsten geistigen Gütern sind. Jetzt ahnte sie das freilich, wenn sie sich von Leonore wollte die Bibel vorlesen lassen und bei dem mühseligen, ausdruckslosen Gelese zu keinem Eindruck des herrlichen Inhalts kommen konnte, wenn sie sah, daß Leonore, der das Memoriren stets so zuwider gewesen war, nicht einmal die schönen Sprüche und Lieder auswendig wußte, die so manchem alten Mütterchen bis zum Grab eine tröstliche Mitgabe aus der Schulzeit bleiben.

Es war der Mutter eine liebe Gewohnheit gewesen, mit ihrem Mann am Mittagsmahl oder Abends seine Predigt zu besprechen, über den Eindruck, den sie wohl auf diesen oder Jenen gemacht, und über das, was ihr etwa nicht ganz klar geworden war, auch mit Lorchen hätte sie gern in ihrer Weise diese Sitte fortgesetzt.

»Meinst Du nicht,« fragte sie einmal, »der neue Pfarrer predige doch nicht so eindringlich, wie der selige Vater?«

»Das weiß ich nicht,« sagte Leonore, »ich meine, er schreie lauter.«

»Erzähle mir auch von der Predigt!« bat die Mutter ein andermal, als sie nicht hatte zur Kirche gehen können, »ich bin begierig, wie *der* die Hochzeit von Kana ausgelegt hat; das war allemal des Vaters schönste Predigt.«

»Ja, das kann ich nicht so sagen. Das Evangelium war das nämliche; dann kam Reuters Anna vor mich zu stehen, die trägt jetzt auch keine Haube mehr, und die Schulzin kam heut' mit ihrer Schwiegertochter in die Kirche, – sie müssen wieder gut zusammen sein.« So sah die Mutter mit Seufzen, wie weit die Folgen der Unwissenheit gingen; aber wie alle schwachen Eltern beruhigte sie sich mit dem leidigen Troste, das Leben werde ihr Lorchen schon noch erziehen!

In die Langeweile, die so, trotz des Fleißes, das Wittwenstübchen manchmal heimsuchte, kamen Sophiens Ferienbesuche höchst erwünscht. Sie war so lebhaft, so heiter, wußte so viel zu erzählen, konnte Abends der Mutter vorlesen, – es gewann Alles ein anderes Ansehen. Leonore freilich war nicht so recht befriedigt. Sophie sah die Proben ihres Fleißes, die Strümpfe, die Hemden, das feine Garn ziemlich vornehm an; sie selbst brachte als Beweis ihrer Kunst ein Drahtkörbchen, mit Bändern eingeflochten, ziemlich hübsch, nur zu gar nichts zu gebrauchen. Doch blieben die Schwestern im Ganzen gut Freund: Sophie hatte sehr nöthig, Leonoren gute Worte zu geben, damit ihr diese ihre zerrissenen Strümpfe und Kleider wieder in Stand setze.

Ein paar Tage ging es so auf's Beste; dann fing Sophien das Stillleben zu entleiden an. Sie betrachtete sich daheim als eine Art Prinzeßlein, das sich bedienen ließ und dazu die Hände in den Schooß legte. So wurde ihr natürlich bald die Zeit lang. Sie holte ihre Bücher und Hefte hervor und vertiefte sich darein, daß sie es oft überhörte, wenn die Mutter mit ihr sprechen wollte; nur Abends widmete sie sich ihr noch, las vor und erzählte, und das schon war eine Erquickung für die vereinsamte Frau.

Leonore brachte gutwillig Sophiens Wäsche und Kleider in Ordnung und kochte ihre Leibgerichte, aber sie fühlte tief das vornehme, herabsehende Wesen, mit dem die kenntnißreichere Schwester sie behandelte. Noch bitterer kränkte sie, daß die Mutter so auflebte in Sophiens Gesellschaft: sie kam sich wie eine verkannte, mißhandelte Aschenbrödel vor, und bedachte nicht, wie sehr es ihre eigene Schuld war, daß sie außer der äußern Handreichung der Mutter so wenig bieten konnte. Sophie, so vornehm sie that, sah doch die häuslichen Fertigkeiten der Schwester mit einem gewissen Neide; aber sie verbarg sich das selbst und machte sich weis, dergleichen sei doch nur für beschränkte Naturen gut. So trat jedesmal bei längerem Zusammensein eine allmähliche Entfremdung zwischen den Schwestern ein, die erst beim Abschiede wieder aufrichtigem Bedauern wich.

Der Mutter selbst war ihre gelehrte Tochter etwas entwachsen, und schwerer als ihr Mangel an weiblichem Fleiße fiel ihr die große Selbstgenügsamkeit auf's Herz, die aus Sophiens ganzem Wesen sprach; diese konnte eben keinen Augenblick vergessen, was für ein geschicktes, talentvolles Mädchen sie sei! »Liebes Kind,« bat die Mutter oft mit Thränen beim Abschiede, »habe Gott vor Augen und im Herzen, vergiß nicht, daß Christum lieb haben besser ist, denn alles Wissen, und daß Gott den Demüthigen Gnade gibt.« Das Alles wußte Sophie schon lange, gab sie doch die richtigsten Antworten in der Religionsstunde und machte die besten Aufsätze! – ob sie auch im Herzen trage, was sie so fertig auf den Lippen hatte! darum bekümmerte sich Niemand, als ihre Mutter.

6. Noch ein Sterbebett

Die drei Onkel hatten indeß die Schwestern nicht ganz vergessen, sie hatten die Mutter von Zeit zu Zeit besucht: der Professor war höchst zufrieden mit der naturgemäßen Entwicklung der Beiden, der Stadtpfarrer schüttelte den Kopf dazu, der Amtmann fragte gar nicht mehr nach Sophien und freute sich nur über Leonorens Brauchbarkeit. Er lud sie wiederholt in sein Haus, aber sie konnte der Einladung nicht mehr folgen, da die Mutter schwächer und schwächer wurde. Eine zehrende Krankheit hatte schon seit des Vaters Tod ihren zarten Körper untergraben, sie fühlte sich immer schwächer, bis sie sich nicht mehr vom Lager erheben konnte, und der gerufene Arzt Leonoren rieth, ihre Schwester ohne Verzug kommen zu lassen.

Sophie hatte immer viel zu viel mit sich selbst zu thun gehabt, als daß sie bei ihren Besuchen daheim die zunehmende Schwäche der Mutter bemerkt und die häufigen Anspielungen auf ihr nahendes Ende in ihren Briefen verstanden hätte. So traf sie die Nachricht wie ein Donnerschlag, und sie stand trostlos ohne alle Fassung an dem Krankenbette der Mutter, das so bald ein Sterbebett werden sollte.

Wer im Zweifel war, ob Lorchens häusliche oder Sophiens geistige Bildung vorzuziehen sei, der mußte im jetzigen Augenblicke gewiß der ersten den Vorzug geben und sich der unermüdeten Aufmerksamkeit freuen, mit der sie den Zustand der Mutter erleichterte, für ein reines und bequemes Lager sorgte, ihr Erfrischungen bereitete und ihre Wünsche und Bedürfnisse verstand. Die arme Sophie hätte gern auch geholfen, sie hätte so viel gegeben um einen dankbaren Blick, wie ihn die Mutter oft auf Leonoren richtete, wenn ihr diese die Kissen zurecht machte oder ein kräftiges Süppchen reichte. Aber ach, ihre feinen Finger, der Arbeit so ungewohnt, ließen sich zu Allem ungeschickt an. Auch hatte sie sich gar nie geübt, aufmerksam zu sein auf die Wünsche und Bedürfnisse Anderer; so konnte sie nie errathen, was die Mutter eben brauchte, und ein solches Errathen thut Kranken so wohl. Krankenpflege lernt sich nicht wie eine andere Handfertigkeit; es gehört eine geschickte Hand, ein aufmerksames Auge und ein liebevolles Herz dazu, und Sophie, die seither gethan, was *ihr* Freude machte, und nur an sich gedachte, hatte keines von diesen geübt.

Nur in Einem war ihre Gegenwart der Mutter lieb: sie konnte ihr die schönen Lieder und Sprüche lesen, nach deren Trost es sie so sehr verlangt, und die Leonore ihr so ausdruckslos und ungeschickt vorgestammelt hatte. Sie lauschte ihnen mit Sehnsucht und Freude; aber wenn sie gern mit ihrem Kinde auch über den Inhalt gesprochen hätte, über die Schrecken des Todes und über die lebendige Hoffnung, die dem Tode den Stachel nimmt, – ach, da wurde sie inne, daß auch ihre gebildete, geistreiche Tochter arm war an dem, was allein die Seele reich macht, daß ihr Wissen von der höchsten Wahrheit nur ein leeres und todtes war, und Sophie selbst fühlte dieß schmerzlich, wiewohl noch unbewußt, wenn sie auf die langen Fragen, auf die Worte voll Sehnsucht und Hoffnung, für welche die Mutter so gern eine Bestätigung gehabt hätte, nur ein todtes »Ja!« oder »O gewiß!« antworten konnte, von dem ihre innerste Seele nichts wußte.

Man hatte den Verwandten Nachricht gegeben von dem schweren Erkranken der Wittwe. Onkel Maier und seine Frau kamen nicht: so etwas greife sie so an, sie seien selbst schon alte Leute und müssen sich schonen; auch habe die Tante gar keine Zeit. Onkel Professor kam, mit einiger Ueberwindung wie es schien, »Krankenbetten sind nie meine Liebhaberei gewesen,« versicherte er den Doktor, er reichte der Kranken flüchtig die Hand und sah über sie hin: »wie geht dir's, Karoline?« was er ihr zu sagen wußte, beschränkte sich auf die gewöhnlichen Vertröstungen: »du bist noch lange nicht so krank, wie du glaubst,« »mußt dich nur recht pflegen,« »es kann immer noch besser werden.« Aber diese Trostgründe halfen der Seele nicht mehr viel, die fühlte, daß sie an der Grenze der Ewigkeit stand. Als sie die tiefsten innerlichsten Sorgen ihres Herzens mit ihm besprechen wollte, beruhigte er sie mit flüchtigen Worten: »Mach dir jetzt das Herz nicht schwer mit Anfechtungen, du hast ja immer rechtschaffen gelebt, und deine Kinder werden wir auch nicht verlassen.« Dann aber versicherte er, daß er nur kurzen Urlaub habe, gab der Kranken noch einmal die Hand und eilte rasch fort, als fürchte er sich vor der Bewegung beim letzten Abschiede von seiner einzigen Schwester.

Als Engel des Trostes kamen der Stadtpfarrer und seine Frau zu den verlassenen Schwestern. Die gute Tante erleichterte Lorchen in der Pflege der Kranken und wußte aus ihrer reichen Erfahrung gar Vieles zu ihrer Stärkung und Linderung; sie redete ihr mit sanften Worten zu und zeigte durch ihre Liebe und Freundlichkeit gegen die Mädchen, mehr als durch schöne Worte und Versprechungen, daß sie auch als Waisen nicht verlassen sein würden. Mit der ganzen Kraft und dem Frieden des ewigen Wortes, dessen treuer Diener er war, trat der Bruder an das Sterbebett. Er tröstete die Sterbende nicht mit ihrem rechtschaffenen Leben, Wohl aber mit der ewigen Barmherzigkeit Dessen, der für uns des Todes Bitterkeit empfunden, er beruhigte sie über ihrer Kinder Zukunft nicht mit menschlichen Verheißungen, aber mit der Treue Dessen, der der rechte Vater ist über Alles, was da Kinder heißt im Himmel und auf Erden. Getröstet und hoffnungsvoll empfing sie mit ihren Kindern das Abendmahl, in herzlichem Gebet empfahl sie dieselben dem Herrn, der durch seine Führung gut machen möge, was sie in Schwachheit verfehlt, und entschlief mit seligem Lächeln. Ein so tiefer Friede lag auf den Zügen der Entschlafenen, daß selbst der Schmerz ihrer Kinder nur in leises Weinen ausbrach: sie mußten ihr die Ruhe gönnen.

7. Beim Onkel Professor

Wir finden die Waisen wieder, nachdem sich das stille Mutterhaus für sie geschlossen und sie keine Heimath mehr hatten, als die, welche ihnen der gute Wille der Verwandten öffnete. Sophie, die jetzt sechszehn Jahre alt war, hatte die Pension verlassen, und die Schwestern hatten sich zuerst beim Onkel Professor zusammen gefunden. Sie wären am liebsten bei dem Stadtpfarrer gewesen, zu dem Beide seit der Mutter Tod am meisten Liebe und Vertrauen fühlten; aber da in dessen Hause eben eine ansteckende Kinderkrankheit war, so war es natürlich, daß sie die dringende Einladung des Professors annahmen, der sich Vorwürfe machte, daß er sich nicht mehr seiner kranken Schwester angenommen, und gern an den Waisen etwas gut machen wollte.

Den Mädchen aus dem stillen Trauerhause wurde es aber ›wind und weh‹, als sie unter die sieben eigenthümlichen Vettern und Bäschen hinein kamen. Zwar waren zwei außer dem Hause; dafür aber waren zwei Kleine nachgewachsen. Wenn man jede Natur gewähren läßt, und die eine immer der andern widerspricht, so gibt's einen hübschen Durcheinander. Da war Vetter Eduard, ein fleißiger Junge, der nur die Eigenthümlichkeit hatte, daß er blos arbeiten konnte, wenn es vollkommen still um ihn war. Heinrichs Eigentümlichkeit aber war, den ganzen Tag zu singen und zu pfeifen, wenn er nicht zur Abwechslung auf einer Kindergeige kratzte oder die Mundharmonika blies. Da schrie dann Eduard: laß mich in Ruh'! geh' hinaus! pfeif' auf der Gasse! und Heinrich pfiff zur Antwort:»der Vogelfänger bin ich ja!« bis Eduard ihm mit dem Lineal nachsprang und die Sache mit einer naturgemäßen Prügelei endete.

Minchen hatte eine recht gute, ordnungsliebende Natur und wurde Leonorens Liebling. Sie liebte besonders ihre Puppen hübsch anzukleiden, ihnen zu kochen, sie zu Bette zu legen und einen ordentlichen Haushalt mit ihnen zu führen. Die kleine Adelheid dagegen liebte, sie splitternackt auszuziehen und auf dem Boden herum zu werfen, die Küchengeschirrchen mit Sand und Spreu aus dem Spucknapfe zu füllen, kurz alle Arten von Unfug zu verüben, was dann zu einem endlosen Kriege der Mädchen, einem ewigen Verklagen und Geschrei:»das Minchen kneipt mich!«»die Adelheid verderbt mir Alles!« führte. Otto, vermuthlich ein künftiger Maler, beurkundete seinen natürlichen Beruf dadurch, daß er, in Kreide und Kohle abwechselnd, auf Fußboden, Tisch und Wände Gemälde aller Art entwarf, bisweilen auch zur Variation nur mit seinen Fingern, die wahrscheinlich zu diesem Zweck immer schmutzig waren, auf die Fensterscheiben malte. Der dicke Ludwig hatte die vorherrschende Eigenschaft, Alles zu essen, was er erreichen konnte, und zu schreien nach dem, was er nicht erreichte, es mochte nun ihm oder jemand Anderem gehören. Da ertönte denn von verschiedenen Seiten der Schrei:»der Ludwig hat meinen Apfel genommen! der Ludwig ißt mein Brod! der Ludwig hat den Wurstteller vom Ofen gerissen!« so daß die geplagte Frau Professorin nicht wußte, wo ihr der Kopf stand, und sich durch allgemein ausgetheilte Püffe zu helfen suchte, welche die Zwietracht wenigstens in ein gemeinsames Geheul verwandelten. Der kleine Richard zeigte noch wenig Eigentümlichkeit, blos eine seltene Stimme und Ausdauer im Schreien und Heulen. Er schrie, wenn man ihn ansah und nicht ansah, wenn man ihn ankleidete und wenn man ihn auszog, wenn er keine Spielsachen hatte und wenn die Spielsachen, die man ihm gab, nicht die rechten waren.»Warum schreit das Kind? wer hat dem Kind was gethan? gebt doch dem Kind, was es will!« gehörte auch zu den Grundtönen in dem häuslichen Konzerte.

Der Professor entzog sich dieser Musik so viel er konnte; er brachte die Tage in seiner Klasse, die Abende auf seiner Stube oder auf dem Museum zu. Der rechte Zeitpunkt war, schien es, noch nicht gekommen, wo er die Eigentümlichkeiten seiner Kinder zu einem günstigen Erfolg ausbilden konnte; inzwischen wollte er noch zusehen, was die Natur für einen Gang mit ihnen nehme. Während der kurzen Zeit des Frühstücks, des Mittag- und Abendessens, bei dem sich die getrennten Naturen wieder in *Einer* Unart vereinten, wurde ihm freilich der Kopf heiß genug, so daß er in seine Schule meist in sehr übler Laune kam, und dort ein ziemlich summarisches Verfahren beobachtete, d. h. tüchtig dreinschlug auf die verschiedenartigsten Köpfe und Rücken. Die arme Frau aber lief beständig mit betäubtem Kopfe unter dem wilden Heere herum und hatte vom Morgen bis zum Abend nur Eine Sehnsucht, die nach der Nacht, wo sie endlich das unruhige Volk zur Ruhe gebracht hatte, obgleich es in neuerer Zeit der Eigentümlichkeit Eduard und Minchens widerstrebte, sich mit den Kleinen zu Bette legen zu lassen. Selbst die Schulstunden, welche die vier ältern Kinder besuchten, verschafften ihr nicht viel Erleichterung, weil die Kleinen dafür nur um so ärger hausten.

Sophie that es dem Onkel nach; sie suchte sich mit ihren Büchern oder Heften irgend ein ruhiges Plätzchen, wenn noch ein solches vorhanden war, und ließ die Kinder schreien und die Tante seufzen, so viel sie wollten. Sie könne da doch nicht helfen, meinte sie; doch blieb sie immerhin nicht verschont von den Eingriffen der Kinder. Heinrich wußte sie überall aufzufinden und kratzte ihr mit seiner Geige vor, wenn sie eben im besten Zuge war. Otto beschmierte ihre Hefte und Zeichnungen, daneben theilte sie das allgemeine Drangsal des Hauses, daß nämlich der dicke Ludwig ihr wie Anderen den Bissen vom Munde und vom Teller nahm, wo er ihn erhaschte, worauf der Vater, wenn er es sah, nur die Bemerkung machte, »ja, das ist ein ganz eigener Kerl! Ich glaube, der gibt einen Soldaten, weil er sich so gern von anderer Leute Teller satt ißt!«

Leonore suchte mehr sich nützlich zu machen und war auch hie und da der geplagten Tante wirklich ein Trost. Aber an Ordnung und bestimmte Thätigkeit gewöhnt, war es ihr eine beständige Qual, den Tag damit zuzubringen, zu putzen, was Otto besudelt und der Kleine beschmutzt, aufzuräumen, was Adelheid und Heinrich herumgeworfen hatten und in der Küche und Stube beständig Alles zu flüchten, was der gierige Ludwig verschlingen konnte. Sie wußte es gar nicht anzugreifen, die Kinder irgendwie zu unterhalten; ihr ganzes Gespräch mit ihnen war: »Eduard. Du machst ja Dintenflecke, Heinrich, lärm' doch nicht so! Aber, Otto, wie garstig! Adelheid, gleich hebst Du die Puppen auf! Ludwig, Ludwig, wer wird denn Butter essen?« u. s. w. und das machte die Kleinen nicht artiger. Da ging's viel besser, wenn Sophie sich einmal dazu hergab, sich zu ihnen zu setzen und ihnen zu erzählen, das gab wirkliche Ruhepunkte. Sogar der gefräßige Ludwig sperrte seinen Mund zum Zuhören auf, und Heinrichs Trompete verstummte. Aber Sophie war nicht allezeit willig dazu; sie war zu sehr gewöhnt, an sich selbst zu denken. Zwar hatte sie von der Mutter Sterbebett viele gute Vorsätze mitgebracht; aber sie meinte, jetzt sei noch nicht die eigentliche Zeit, sie auszuführen. So waren beide Schwestern herzlich froh, als Onkel Maier und der Stadtpfarrer sie zu sich einluden. Lorchen ging in's Amthaus, Sophie zum Letzteren, bis sich für beide Mädchen eine passende Stelle gefunden hätte.

Im Amthause

Tante Professorin sah Leonoren ungern scheiden, die Kinder aber dafür um so lieber. Sie war ihnen mit dem ewigen Tadeln und Zanken verdrießlich geworden, und Lorchen hatte doch die Kinder wirklich lieb; aber wenn man sie nimmer wickeln und füttern konnte, wußte sie nichts mit ihnen anzufangen.

Im Amthause waren keine kleine Kinder mehr. Als Leonore ankam, traf sie das ganze Ameublement auf dem Hofe; die Tante hatte kaum Zeit, sie willkommen zu heißen; »So, du bist's, Bäschen? grüß' Gott! wenn du müd' bist, so geh' zum Großonkel hinauf! unten ist keine Stube, wo man hinein kann, wir putzen.« Oben traf nun denn Leonore wirklich den Onkel in einem Zimmer vor einem Glase Bier und einem Teller mit Käse und Wurst. »So, Bäschen Lore, schön, daß Du kommst; da setz' Dich und iß! die Weibsleute drehen heut' wieder einmal das Haus um.« Leonore saß nicht lange; sie band eine Schürze vor und bot der Tante ihre Hülfe an, was sie gleich bei dieser empfahl. »Putzen darfst Du gerade nicht, das thut die Magd oben; kannst aber nachsehen, ob sie zu den Lambrien gewiß die wollenen Lappen nimmt. Du könntest helfen Möbel poliren, oder Spiegel putzen, oder oben die Kleider bürsten; ich habe den Kleiderkasten geleert.« Das waren eine Menge Befehle durch einander. Leonore suchte, so viel wie möglich, eins nach dem andern zu thun; aber wie die Tante selbst keine Ruhe hatte, so konnte sie auch sonst Niemand in Ruhe lassen: sie jagte Lorchen und ihre beiden Mägde beständig im Hause herum. Sie selbst zog bald voran, bald hinterdrein und machte die Leute verwirrt durch ihre gemischten Befehle, bis endlich von oben des Amtmanns starke Stimme erscholl, der »die Weibsleute« in die Küche commandirte, damit man auch ein Abendessen bekomme.

Es war seit der Ankunft der erste ruhige Augenblick, als man sich zu Tische setzte, und nicht einmal dieser blieb ruhig: »Lorchen, gelt, du siehst nach, ob die Magd die Brühe auch verdünnt hat, und ob die Kartoffeln nicht zu früh herausgenommen werden; man kann sich in nichts auf die Leute verlassen.« Ehe aber Leonore draußen war, folgte ihr die Tante auf dem Fuße und sah selbst nach; es war dieselbe Rastlosigkeit bis zum Schlusse des Abendessens. Die Tante war schon wieder auf, ehe sie den Löffel gewischt hatte; Leonore wollte ihr folgen, der Onkel hielt sie aber zurück. »Bleib' du nur sitzen,« sagte er, »bist ja eben erst gekommen, wirst hier noch oft genug Gelegenheit haben herumzuspringen; siehst du, mein Weib ist eine excellente Hausfrau, aber wir haben etwas verschiedene Grundsätze. Mein Grundsatz ist: recht arbeiten, das Seinige erwerben, und dann sich's wohl sein lassen; meine Frau meint: allzeit schaffen, allzeit sparen, allzeit erwerben, bis man nimmer kann, und so gönnt sie sich keine Ruhe, – wer von uns hat nun recht?«

Leonoren, so beschränkt auch ihr Gedankenkreis war, war's doch, als gäbe es noch einen dritten Lebenszweck; sie wußte sich aber nicht darüber auszusprechen und ging lieber der Tante nach, die sie ganz erschöpft auf der Schwelle der Speisekammer traf. »Da siehst du, so geht mir's, jetzt kann ich nimmer!« Leonore sah fragend umher, ob denn irgend ein Unglück geschehen sei. »Da will ich den Abend noch die Speisekammer einräumen und entdecke, daß sie mir einen Schmalzhafen, den ich beiseite gestellt hatte, mit sammt einem ganzen Rest Schmalz aus der heißen Lauge geputzt haben! jetzt denk dir das! ganz kaput! wohl ein halb Pfund Schmalz! tunkt ihn mir nichts, dir nichts mit sammt dem Deckel in den heißen Kessel und entdeckt den Schaden erst, als das Fett herumschwimmt! So übel bin ich dran und plage mich ab vom Morgen bis in die Nacht, und trinke keinen Tropfen Rahm in meinem Kaffee, und so geht dann alles zu Grunde!« Die schuldige Magd ließ sich blicken und wurde von der Frau Amtmännin tüchtig ausgescholten; sie vertheidigte sich sehr geräuschvoll, sie habe eben geglaubt, es *müsse* alles geputzt werden, und die Frau habe sie so oft von einer Arbeit zur andern geschickt, daß sie zuletzt nimmer gewußt habe, woran sie sei. Die Widerrede machte die Frau noch heftiger, und der Tumult dauerte bis tief in die Nacht, wo endlich des Amtmanns gewaltige Stimme wieder Ruhe gebot und die geplagte Frau Lorchen ihr Stübchen anwies, das noch naß vom Aufwaschen war, und seufzend ihr eigenes Lager suchte. Leonore, sparsam und in beschränkten Verhältnissen erzogen, wußte wohl, daß man in der Haushaltung auf das Kleinste achten muß; aber daß ein halb Pfund Schmalz der Gegenstand solchen Jammers sein könne, begriff sie doch nicht recht; denn die Klage um das halb Pfund Schmalz stand am andern Morgen mit der Tante auf und tönte fort, bis sie einen zerbrochenen Teller entdeckte, der ihr einen neuen Grund zum Jammer gab.

Daß die nächsten Tage so unruhig waren wie der erste, fand Leonore natürlich; denn eine solche Putzerei nimmt wohl ein paar Tage in Anspruch, und als alles fertig und eingeräumt war, da hatten die Mägde mit ihren schmutzigen Schuhen den Fußboden wieder so verdorben, daß er auf's Neue gewaschen werden mußte. Endlich war dies Geschäft am Ziele; nun aber wurden Lichter gegossen, was die Frau Amtmännin viel vortheilhafter fand, als sie zu kaufen, aber wie man anfangen wollte, hatten die Mäuse einen Theil des Unschlitts auf dem Boden gefressen, was wieder einen großen Sturm hervorrief gegen die Mägde, die nicht genug Mäusefallen gestellt hatten. Nach den Lichtern wurde Seife fabrizirt und nach diesem große Wäsche gehalten, um die Seife zu benützen, die etwa noch im Kessel hängen geblieben sei. Nach der großen Wäsche mußten Bettern verleert und bestrichen werden; dazwischen aber waren die Mägde zur Feldarbeit nöthig. Leonore that ihr Bestes und lernte wirklich viel Neues; aber sie sehnte sich doch oft sehr nach *Einem* ruhigen Augenblicke, nach einer der stillen Stunden in der Mutter Wittwenstübchen. Gab es einmal einen ruhigen Tag, so brachte die Tante solche Gebirge von Flickwäsche und wußte so unendlich viel, was alles noch genäht und hergestellt werden sollte, und was nicht geschehen sei, daß sie gar keinen Muth zum Anfangen fand.

Zu einem Sonntagsgefühl kam man in diesem Hause nie. Bei der Mutter daheim waren nach alter Sitte schon am Samstag Abend die Spinnnräder aus der rein geputzten und gelüfteten Stube gestellt worden; kein Zeichen von Werktagssorge und Mühe durfte in den Tag des Herrn herüber kommen. Die Mahlzeit, etwas besser als am Werktage, war schon am vorhergehenden Tage vorbereitet worden; es durfte selbst in der Küche kein geräuschvolles Geschäft, Stoßen, Reiben, Wellen ec. vorgenommen werden, der Tag mußte in heiliger Stille verfließen. Es ist wahr, das arme Lorchen, das nicht schreiben und nur sehr mangelhaft lesen konnte, das sich in der Beschäftigung mit geistigen und göttlichen Dingen nie geübt, hatte oft ziemliche Langeweile gehabt, und sich zuletzt eben aufs Plauderbänkchen zu einer Nachbarin gesetzt; aber doch war ein Sonntagshauch über dem ganzen Tage gelegen, der noch erfrischend durch die Woche wehte, – eine Vorahnung der ewigen Ruhe.

Das fühlte Leonore, der früher der Sonntag oft beinahe eine unwillkommene Unterbrechung gewesen war, jetzt erst, wo vom Sonntag keine Rede mehr war.

Das Amthaus lag eine Viertelstunde von der Kirche entfernt; da gehörte es zu den unerhörten Begebenheiten, wenn man einmal zur Kirche fertig wurde. Die Mägde, namentlich zur Zeit der Feldarbeit, konnten selten am Samstag mit dem Reinigen der Zimmer fertig werden. Darum wurden am Sonntag Morgen noch Möbel geklopft, Frise geölt, die Amtmännin trug die gebrauchte Wäsche in die Kammer; da fand sie stets so viel zu ordnen, zu putzen und zu jammern, daß sie meist spät herab kam. Dann hatte sie eigene Sonntagsgeschäfte, die an keinem anderen Tage vorgenommen werden durften: fehlende Knöpfe an des Herrn Kleider zu nähen, die Werktagskleider durchzusehen und herzustellen, die große Kommode im

Wohnzimmer zu bohnen und die Messingknöpfe daran glänzend zu reiben. Das alles hätte am Werktage, wie sie sagte, die Zeit verdorben! Onkel Amtmann feierte seinen Sonntag zunächst damit, daß er Morgens gehörig ausschlief. Dies und die Butterbrezeln zum Frühstücke rühmte er stets als seine ersten Sonntagsfreuden, und der Kirchgang wurde ihm schon dadurch meist unmöglich; dann verlangte er auch etwas besonders Gutes zum Essen und machte Nachmittags gern eine kleine Lustfahrt, wenn nicht Besuche kamen: »man muß auch wissen, daß Sonntag ist.«

Die Tante wußte nicht, daß Sonntag war. Wie sie Sonntagsgeschäfte hatte, so hatte sie auch Sonntagssorgen; im günstigsten Falle gewährte das große Wohnzimmer Nachmittags einige Stunden lang einen wirklich sonntäglichen Anblick: der Boden rein gewaschen, die Möbel glänzend geputzt, der rothe Teppich auf dem Tische, die Ueberzüge vom Sopha und Sessel abgenommen. Waren aber die Besuche, denen zu Liebe man diese Herrlichkeit entfaltet, abgereist, dann mußte man wieder eilen. »Leonore.« hieß es, »leg den Tischteppich zusammen! Dorle, klopf' den Fußteppich aus! Ricke, bring' warm Wasser zum Tassenspülen!« dann wurden die Möbel wieder bedeckt und eingehüllt, und das alles nahm so viel Zeit weg, daß an eine ruhige Abendstunde nicht zu denken war.

An des Amtmanns Fahrten nahm die Frau selten Theil; sie verachtete alle Frauen, die gern aus dem Hause gingen. »Ich komme nicht des Wohllebens wegen in keine Kirche,« sagte sie Lorchen zur Entschuldigung und sich selbst zur Beruhigung, »ich muß sie mit lauter Arbeit und Sorge versäumen, da wird der liebe Gott ein Einsehen haben.« Arme Frau! sie bedachte nicht, daß sie ihre eigene unsterbliche Seele verkürzen und darben lasse in lauter elenden Erdensorgen, so daß sie am dunkeln Tag und in der Todesstunde Licht und Kraft vergeblich suchen mußte!

An stillern Abenden oder an Regensonntagen hatten beide Gatten nicht selten eine ruhigere Beschäftigung: – sie rechneten. Leonore, des Rechnens unerfahren, konnte daran nicht Theil nehmen, sie hörte nur die Resultate. Der Amtmann berechnete, wie viel er am Ertrage seiner Felder gewinne, wie viel am Vieh, wie hoch dies oder jenes Stück Gut im Werthe gestiegen, – die Frau rechnete, wie viel sie an den selbstgemachten Lichtern und Seife ersparte, am selbstgebackenen Brode, an Butter, an Geflügel, an Schweinen. Sie rechnete mit Seufzen, wie viel Dienstboten kosten, Taglöhner, Arme, – jede Ausgabe kam ihr wie ein wahres Unglück vor, und wenn sie sich müde gerechnet hatte, so sagte sie:»so, jetzt muß ich aber in's Bett; zum Abendsegen langt's nimmer.« Zum Abendsegen reichte es gar oft nimmer, zum Morgensegen noch seltener, so oft es ein Hauptgeschäft gab, und ein solches gab es fast immer. Und es war auch kein Haus des Segens, obschon die Scheunen sich füllten, die Kapitalien und Güter sich mehrten; es war ein Haus ohne rechten Frieden, ohne Herzensfreude.

Von den Kindern Onkel Maier's lebten drei, vier waren gestorben, und obgleich die Mutter natürlich mit Liebe von den Geschiedenen sprach, so gestand sie doch oft, es sei ihr doch recht wohl, daß sie ihr»aus den Füßen« seien, es sei ein entsetzliches Hinderniß um Kinder! Recht nach ihrem Sinne war von ihren Kindern nur Einer, der Aelteste, ein Kaufmann: der schaffte und sparte wie sie, und sorgte und klagte wie sie, und hatte keine gute Stunde wie sie. Ihre verheirathete Tochter trat gar nicht in der Mutter Fußtapfen: sie hielt zwei Mägde, ließ außer dem Hause waschen, außer dem Hause nähen, putzte sich, ging auf Bälle und in Visiten.»Und sie ist doch so im Geschäft aufgewachsen!« seufzte die Mutter. Der jüngste Sohn studirte schon seit Jahren, der ahmte wenigstens in einem dem Vater nach: er wollte sich's wohl sein lassen; nur wollte er nicht vorher arbeiten, und es war nicht der kleinste und wohl der gegründetste Jammer der Mutter, ›daß der Bub‹ so viel brauche und am Ende erst nichts aus ihm werde!

Obgleich es Leonoren nicht erstaunlich wohl wurde in dem Amthause, so wäre sie doch in so weit am Platze gewesen, als man hier am wenigsten vermißte, was ihr fehlte. Aber der Großonkel wußte am besten, wie nöthig sie habe, sich etwas zu verdienen; daher dünkte es ihm nicht recht, sie ohne Belohnung im Hause zu behalten, und einen Gehalt ausgeben, das schien der Tante fürchterlich, ganz unmöglich!»Nein, ich kann Gottlob noch allein fertig werden, eine Hausjungfer brauche ich nicht, abplagen muß ich mich doch, und wenn ich zehn Jungfern hätte!« Das war gewiß. So suchte und fand man denn für Leonoren eine Stelle als Haushälterin bei einer ältern Kaufmannsfrau, und sie schied nicht ungern vom Amthause, etwas nachdenklich darüber, ob denn diese Art von Häuslichkeit und Geschäftigkeit die rechte sein könne.

8. Beim Onkel Stadtpfarrer

Es wurde Sophien gleich zu Anfang unbeschreiblich wohl, als sie in das Haus des geistlichen Onkels eintrat und sich mit der ruhigen Herzlichkeit empfangen sah, die allen Bewohnern dieses Hauses eigen war. Die einfache Einrichtung des Hauses schon gemahnte sie an ihr Elternhaus. In Onkel Professors Haus war eine ursprünglich elegante Einrichtung gewesen, die aber überall die leidigen Spuren der Eigenthümlichkeit der Kinder trug. An den gestickten Gardinen hatte der fleißige Eduard zuweilen seine Feder, und der thränenreiche Richard seine Nase geputzt; der rothe Plüschsopha war der allgemeine Tummelplatz für die geselligen Abendfreuden der Kinder; an den sein polirten Stühlen hatte Otto sich bald in der Holzschneidekunst versucht, bald Zeichnungen in Kritzelmanier angebracht, und so ging es durch alles. Hier nun waren freilich die Kinder meist schon größer; doch zeigte der alte Tuchsopha, den die Tante von ihrer Mutter ererbt hatte, wie sorgfältig er von jeher geschont worden war. Es herrschte eine geräuschlose Ordnung im Hause, die das unkaufbare Geheimniß der ächten Hausfrauen ist, dabei eine heitere, fröhliche Geschäftigkeit, – nicht daß die sechs Kinder des Stadtpfarrers lauter Engel gewesen wären, ach nein, es gab noch manchmal etwas zu richten und zu schlichten! aber ein Hauch des Friedens wehte durch das Haus, der von dem sanften und stillen Geiste der Hausfrau ausging; der ließ nichts von der Säure und Herbe aufkommen, die in manchem Hause Keines mehr die Liebe fühlen läßt, die doch vielleicht alle zu einander haben. Es waren einfache Gesetze im Hause, die aber streng eingehalten Wurden. Wer nicht arbeitet, der soll nicht essen! wer also eine Schul- oder Hausarbeit gar nicht oder schlecht ausgefertigt hatte, der war vom Vesper ausgeschlossen, und das Vesper war doch so ein Fest! es bestand gerade nicht aus Delikatessen: Schwarzbrod, dazu Butter oder Obst, oder im Winter etwas süße warme Milch; aber es wurde stets zur bestimmten Stunde aufgetragen und Alles versammelte sich dazu mit einer gewissen fröhlichen Feierlichkeit, Sommers in der Gartenlaube, Winters um den eichenen Tisch der Wohnstube. Die Tante verstand es, auch dem Kleinsten und Einfachsten einen heitern, festlichen Anstrich zu geben.

Wer Streit anfing oder veranlaßte, kam allein in eine Kammer oder mußte an einem besondern Tischchen sitzen, und das begegnete meist beiden streitenden Parteien. Für grundloses Geschrei und Weinen, das freilich nur noch Julchen, die Kleinste, ausstieß, wurde sie einfach zur Thüre hinaus gestellt.

Das oberste Gesetz, das sich freilich nicht mit Strafen durchführen läßt, war in den Sprüchen enthalten: »Jeder suche nicht das Seine, sondern das, was des Andern ist! Was ihr wollt, das Euch die Leute thun sollen, das thut ihr ihnen auch!« Daß das recht und schön ist, weiß nun freilich Jedermann und auch jedes Kind; aber wissen und thun ist zweierlei, und es ist sehr natürlich, daß auch das Beste zuerst an sich denkt. Wenn nun aber die jüngeren bei den älteren Geschwistern sahen, wie herzlich eines dem andern zuvorkam, wenn sie die Freude der Eltern fühlten über jeden kleinen Liebesdienst, den sie einander erwiesen, so fingen sie doch allmählig an, sich in Anderer Freude freuen zu lernen.

Es wurden nicht viel Worte gemacht über Fleiß, Ordnung und Frömmigkeit, und doch war ihr Segen unverkennbar. Jede Arbeit durfte unterbrochen werden, wo Eins dem Andern etwas zu Liebe thun konnte. Die zwei ältern Töchter waren schon erwachsen, und an ihnen sah Sophie zum ersten Male, *was* ein schönes Jugendleben ist. Wenn sie mit der Mutter um den Arbeitstisch saßen, und ein frommes Lied zusammen anstimmten, wenn sie so freundlich in die Spiele und Freuden der jüngern Geschwister eingingen, wenn sie, mit allerlei häuslichen Vorräthen beladen, ihre stillen Abendgänge machten in die winkligen, schmutzigen Gäßchen der Stadt, wohin Sophie sich nicht getraut hätte, in ihren Zeugstiefelchen einen Fuß zu setzen, – und von Wo sie mit klaren Augen und frohen Herzen zurückkehrten, weil sie dort Kranke erquickt, arme Kinder gekleidet, Traurige getröstet hatten, – da kam Sophien ihr bisheriges Lernen und Treiben oft zweck- und werthlos vor. Es hätte ihr dies Haus recht zum Segen werden können, aber – aber die leidige Eitelkeit!

Sie wollte gegenüber von den Cousinen doch auch etwas gelten, und bemühte sich so viel wie möglich, das Licht ihrer Pensionsbildung leuchten zu lassen. Klara und Marie wußten wirklich nicht so viel, wie Sophie, denn sie hatten nur den Unterricht genossen, den ihnen ihr Vater und die Lehrer der kleinen Landstadt geben konnten: ihre französische Aussprache war mangelhaft, sie kannten Blumen und Pflanzen ihrer Gegend, ihren Nutzen und Gebrauch, und freuten sich ihrer Schönheit, aber sie verstanden nicht, sie in Klassen einzutheilen; und, so gab es gar Manches, wo sie sich freuten, von der gelehrten Cousine noch zu lernen. Das that denn Sophie gar wohl, und sie ließ bei jeder Gelegenheit etwas von ihrer Weisheit einfließen. Manchmal mußte sie sich gestehen, daß die Mädchen das Wenige, was sie wußten, mehr zu eigen hatten, daß sie mehr darüber nachdachten und es auf das Leben selbst anwandten, während es in ihrem Kopfe noch etwas todt lag, ordentlich in Fächer abgetheilt.

Wenn sie nur so willig gewesen wäre, von den Bäschen zu lernen, als sie zu unterrichten! So aber schämte sie sich hier mehr als anderswo ihrer Unbeholfenheit, und that Alles, sie zu verbergen; das aber war das Einzige, was ihr den Aufenthalt in diesem Hause des Friedens störte. Jede Verheimlichung ist Unwahrheit, und diese liegt als dunkler Schatten auf dem klarsten Tage.

»Sophie, Kind! Dein Weißzeug scheint mir schadhaft, du könntest so nicht unter Fremde; so lang du bei uns bist, können dir die Mädchen helfen, dich neu auszustatten, und du kommst dabei in Uebung,« meinte die gute Tante. »Die Mutter hat noch neue Sachen für mich in Vorrath besorgt,« sagte Sophie, »ich brauche gar nichts Neues.« Das war nur zum Theile wahr; aber sie sagte es, damit man ja nicht merke, daß sie keinen ordentlichen Stich zu nähen verstände. Sie las während der Arbeitsstunden vor, trieb mit den Bäschen Französisch, lehrte die Kleinen ein wenig Zeichnen und entzog sich, wo sie konnte, allen Geschäften, die sie nicht verstand. Je ernster die Tante nach den ersten Wochen, wo sie ganz als Gast behandelt wurde, darauf dringen wollte, daß sie das Versäumte nachhole, desto unbehaglicher wurde ihr in dem Hause, wo es sonst Allen wohl war.

Der Onkel war damit einverstanden, daß sie eine Stelle als Erzieherin suche; aber sie schien ihm noch viel zu jung. »Verdaue erst deine Gelehrsamkeit ein wenig, liebes Kind,« meinte er, »lern' dich im Hause tummeln und laß dich noch ein Bischen selbst erziehen, ehe du erziehen willst!« Das war aber gar nicht nach Sophiens Geschmack; es verlangte sie nach Selbstständigkeit, nach Anerkennung. Hier war ihr das Thun und Wesen des Hauses ein beständiger stiller Vorwurf; wäre sie nur einmal draußen, meinte sie, so würde sich Alles geben, und Niemand nach der Nähnadel und nach dem Kochlöffel fragen. Es ist eine gar häufige Meinung, besonders junger Leute, daß sie überall vortrefflich sein würden, nur nicht eben da, wo sie sind.

Sie hatte sich an die Vorsteherin des Instituts gewandt mit der Bitte, ihr eine Stelle zu verschaffen, und war nun voll Erwartung der Dinge, die da kommen sollten. Indeß hatte sie zu ihrer Freude eine Parthie alter Romane und Taschenbücher entdeckt, in die sie sich in Ermanglung besserer Lektüre vertiefte. Von Stund an war sie für die Gesellschaft verloren, sie würzte sich die langweiligen Hausgeschäfte mit Lesen, und machte merkwürdige Erfindungen darüber, wie sich Arbeiten aller Art lesend verrichten ließen. Freilich verbrannte einmal der Kaffee, den sie lesend geröstet hatte, und ein andermal bei demselben Geschäfte das Buch, das sie aus Schrecken über der Tante raschen Eintritt in's Feuer fallen ließ. Ein Almanach, in dem sie beim Wäscheeinschlagen gelesen, kam aus Versehen unter die Wäsche und wurde unter der Mange zerquetscht. Der Scherz, der mit diesen Unfällen getrieben wurde, kränkte sie sehr und erregte in ihr immer mehr den Wunsch, an eine Stelle zu kommen, wo sie selbst ihre Beschäftigung zu bestimmen habe, und namentlich der Lektüre sich widmen könne, so viel sie wolle.

Unerwartet kam ein Brief der Vorsteherin, worin sie schrieb, daß sie für Sophie eine Stelle als Erzieherin in dem Hause einer Gräfin in Holstein gefunden, die es trotz ihrer Jugend mit ihr wagen wolle, ihrer vorzüglichen Zeugnisse wegen. Da war nun große Freude bei Sophien, sie sah lauter Herrlichkeit in dieser neuen Zukunft und nahm den Abschied gar leicht. Sie reiste noch nach der Residenz, um unter Anleitung der Vorsteherin sich für die neue Stelle auszurüsten, was einen großen Theil des kleinen Vermögens wegnahm. Mit Leonoren, die fast zugleich in ihre neue Stelle eintrat, war sie noch wenige Tage beisammen im Hause Onkel Stadtpfarrers und schied dann wehmüthig, doch ohne großes Bedauern aus dieser Friedensheimath.

9. Leonore als Haushälterin

Leonore hatte keinen zu schweren Eintrit auf den herben Pfad der Dienstbarkeit. Frau Römer, die Kaufmannswittwe, der sie als Gehilfin im Hauswesen dienen sollte, empfing sie mit einer kurzangebundenen Freundlichkeit, die sich gleich auf den rechten Fuß mit ihr setzte.

»Jungfer Winterin (ich denke, Sie werden mir nicht zumuthen, daß ich nach der neuen Mode meine Hausjungfer Fräulein titulire), es freut mich, daß ich gehört habe, Sie seien noch nach der alten Art erzogen, wo man die Mädchen nicht in Porzellankästen stellte. Ich denke, wir werden gut mit einander auskommen; ich habe freilich mein Lebtage meine Geschäfte selbst verrichtet, nun aber hat mich unser Herrgott heimgesucht mit dem Fußleiden, daß ich nicht mehr fortkommen kann, da sollen mir so ein paar junge Füße wohl zu statten kommen, nur müssen Sie sich freilich drein schicken, daß Ihre jungen Hände und Füße einem alten Kopf folgen müssen.«

Das war nun allerdings etwas, das gelernt werden mußte; daheim war Lorchen bei ihrer Brauchbarkeit und der zunehmenden Schwäche der Mutter unbeschränkte Hausregentin gewesen, hier mußte sie sich ohne viel Berathung und Widerrede einem fremden Willen fügen, und da Frau Römer natürlich die Arbeiten rascher im Kopf ausdachte, als Leonore sie mit den Händen vollbringen konnte, so war sie oft eine ungeduldige Gebieterin, und Leonore, die im Gefühl ihrer häuslichen Tüchtigkeit sich keiner besondern Demuth befliß, konnte sich hie und da eines dumpfen Gemurmels nicht enthalten, wenn Frau Römer ihren wohlüberdachten Vorschlag: »ich denke, heute will ich die Betten sonnen,« mit dem kurzen Befehl abschnitt: »nein, heut' eilen Sie, in den Garten zu kommen.« Aber die Gebieterin befahl nichts Unvernünftiges, und nicht Sechserlei auf Einmal, wie Tante Amtmännin, so war es nicht zu schwer, ihr zu gehorchen.

Und Lorchen erwarb sich mehr und mehr ihre höchste Zufriedenheit, die Arbeit ging gut von Statten, Haus und Geräthe blickten reinlich und sauber, Rosen und Nelken im Garten wurden zwar nicht mehr so schön gehegt wie früher, dagegen brachte Leonore Kohlköpfe zu Stande wie Kanonenkugeln, Blumenkohl wie Zinnteller, Salat und Zwiebeln über alle Vergleichung erhaben. Die Küche wurde gut besorgt, die Wäsche war schön und weiß, richtig gestärkt und gehörig ausgetrocknet, selbst Susanne, die alte Magd der Frau Römer, die lange in heimlichem Krieg mit der Jungfer gelebt und ihr beharrlich die Schuhe nicht geputzt hatte, mußte zugestehen: »eine rechte Jungfer, und versteht ihr Sach', so jung sie ist.«

Und Leonoren wurde es mehr und mehr behaglich im Hause; es war ein stattliches Haus, das Frau Römer mit ihrem Sohne, der die Handlung führte, allein bewohnte; bewohnt wurde zwar eigentlich nur die Ladenstube, aber diese war geräumig und freundlich, ihre Fenster gingen auf einen sonnigen, kleinen Hof, hinter dem der schöne große Hausgarten begann, es stand da ein eichener Eßtisch mit schweren, gedrehten Füßen, um den unten ringsum eine kleine Fußbank lief, zur Seite der Schreibtisch des jungen Herrn Römers, ein altes Kanapee mit gewürfeltem Barchent bezogen, und am Fenster ein Nähstock; es war ein ganz behaglicher Wohngelaß.

Oben, da war außer den Schlafzimmern noch eine verborgene Herrlichkeit in einer Reihe von Prunkgemächern im obern Stock, die Lorchen, die eben noch nicht zu viel von der Pracht und Eitelkeit der gottlosen Welt gesehen hatte, als der Inbegriff alles Wünschenswerthen erschien. Da waren Sopha und gepolsterte Stühle von Damast, große Porträts in künstlichen Rahmen von Ahnherren und Ahnfrauen des Römer'schen Geschlechts, deren reicher Anzug und prächtiges Geschmeide gerade keinen Beweis gab von den einfachen Sitten der guten alten Zeit, hohe Komoden mit heimlichen Schätzen von schwerem Silber und feinen Linnen, sogar noch die wunderlichen, reichgeputzten Häubchen, in denen die alten Römer waren zur Taufe getragen worden; – keine adelige Familie konnte sorgsamer die Reliquien der Vergangenheit bewahren.

Die einstige Besitzerin all dieser Schätze dünkte Leonoren die Glücklichste der Sterblichen, und – dieser Besitz, so unumschränkt ihn auch jetzt Frau Römer verwaltete, mußte dereinst an die künftige Gattin ihres Sohnes übergehen! Leonore dachte zwar nicht, wenn sie den jungen Herrn Römer hinter seinem Ladentisch betrachtete, gleich der Prinzessin Eboli:

Wie schön ist diese Hand,
Wie reich ist sie! – Und diese Hand hat noch

Zwei kostbare Geschenke zu vergeben –
Herr Römers Herz und dieses volle Haus!

sintemal sie den Schiller nicht gelesen hatte und in Versen weder
sprach noch dachte, aber in Prosa kam ihr denn doch der Gedanke:
›wie gut hat es einmal die, die als Frau in dieses Haus kommt! und
der Herr Römer ist dazu noch ein netter Mann und so brav!‹ Lorchen war jung, aber ihre Großmutter hatte schon im Sechzehnten
geheirathet; – wer weiß, wie viel nicht dieser leise Gedanke im Hintergrund zu der unermüdeten Treue, der stillen Emsigkeit, der ge-
duldigen Fügsamkeit beitrug, mit der sie ihre Pflichten erfüllte!

Und Herr Römer war wirklich ein netter junger Mann von stil-
lem, gesetztem Wesen, der von seinen Reisen nichts von der windi-
gen Gewandtheit eines gewöhnlichen Kommis Voyageur in das
solide Vaterhaus gebracht hatte. Er war ein guter Sohn seiner Mutter, trug ihr zu Liebe noch die feinen Jabothemden des seligen Vaters, und stützte und führte sie mit rührender Geduld in die Kirche
oder in den Garten. Noch andre und tieferblickende Mädchen, als
unser praktisches Lorchen, hätten das Loos seiner künftigen Gattin
für beneidenswerth halten können.

Leonore hatte eines Abends eine große Wäsche siegreich vollendet und eingeräumt und ging früher als sonst in den Garten, wo
Frau Römer und ihr Sohn war, da der Laden bereits geschlossen
war. Mutter und Sohn saßen in der Laube und bemerkten ihr
Kommen nicht; da sie ihren Namen nennen hörte, hielt sie sich
mäuschenstill, um dem Gespräch zu lauschen, – ob das gerade recht
und nobel sei, darüber kamen ihr keine Bedenken, sie hielt es für
höchst natürlich, da das Gespräch sie anging.

»Ein ganzes Mädchen, die Leonore«, sagte Frau Römer, »da hat
sie mitgewaschen, gekocht daneben, Alles allein gestärkt und auf-
gehängt, ... allein gebügelt, und sie ist im Stande und flickt noch
heute Abend.« – »Es ist wahr«, sprach Wilhelm, »es wird Alles so
gut besorgt, als wie Sie selbst noch in Thätigkeit waren, Mutter.« –
»Weißt du, Wilhelm, was ich schon gedacht habe?« – »Nein«, sagte
Wilhelm einfach. – »Meinst du nicht, – ein so fleißiges, ordnungslie-
bendes, sparsames Mädchen sei in ein Geschäft besser, als Eine mit
großem Vermögen? wir haben ja das, Gottlob! nicht nöthig.« – »Mir

kam derselbe Gedanke«, erwiderte offen der Sohn, »als ich so zu Anfang das rührige, thätige Wesen des Mädchens sah. Ich dachte, sie gäbe eine gute Tochter für Sie und vielleicht ein gutes Weib für mich. Aber, liebe Mutter, ich bin für's Geschäft erzogen und lebe darin den ganzen Tag, ich bin kein Mann der Gesellschaft und kein Mann der Wissenschaft; da möcht' ich denn am Abend bei meiner Frau das tägliche Treiben vergessen, mich erfrischen an einem guten Buche und an einem vernünftigen Gespräche. Was hilft mir da eine Frau, die von nichts zu reden weiß, als von ihren gelben Rüben und vom Fruchtpreise und von Stadtgeschwätzen? So lang Sie leben, Mutter, – und will's Gott, so wird er Sie mir noch manches Jahr erhalten, – vermisse ich das nicht; Sie kennen die Welt und das Leben, Sie freuen sich mit mir eines guten Buches; aber wenn ich einmal allein wäre ...« Die Augen des guten Sohnes wurden feucht, er sagte nichts mehr; auch die Mutter schwieg lange, endlich sagte sie: »Du hast nicht Unrecht, Wilhelm; ich wußte oft selbst nicht, was mir abgeht bei der Leonore, aber es ist wahr, über ihre Küche und den Gemüsgarten hinaus gehts nicht bei ihr, höchstens versteigt sie sich noch zu einem Dorfgeschwätz.«

Lorchen ging leise in's Haus zurück, ganz in der Stille, so matt und erschöpft, wie sie nie von der schwersten Arbeit geworden war. Ach, sie hatte sich ja selbst die goldene Hoffnung nicht gestanden, mit der sie indeß so fröhlich und unverdrossen hier geschafft und gedient hatte, die Hoffnung aus der Dienerin noch die Herrin zu werden. – Und nun war diese Hoffnung schon begraben. – Mit tiefer Erbitterung überdachte sie wieder das Gespräch, das sie belauschte; »also zu dumm bin ich ihnen,« dachte sie, »ich, die ich mir's so sauer werden ließ, der wunderlichen alten Frau Alles recht zu thun! Ja freilich! wäre ich so faul hingesessen und hätte ein Bischen geschrieben und in Büchern gelesen, wie meine Sophie, so wäre ich vielleicht recht. Wollte doch sehen, was Frau Römer sagte, wenn sie die Löcher sähe, die die Sophie zugeflickt hat.«

Und Leonore entschlief an dem Abend in bittern Thränen und kam sich wie eine verkannte Unschuld und unschuldig Zurückgesetzte vor; – nur sehr leise und sehr langsam brach sich der Gedanke in ihr Bahn, daß sie selbst die Schuld des Mißgeschicks trage, – sie mußte noch manch sauren Tritt thun, bis sie den Pfad der Demuth fand.

Es wollte nicht mehr so rasch und freudig vorwärts mit den Geschäften, wie zuvor. Herr Römer mußte eine kleine Reise machen, und die Mutter, die stets die einfache Handelskorrespondenz geführt hatte, wurde krank. Sie diktirte Leonoren einen Brief, den diese mit tausend Aengsten niederkritzelte. »Nun, Kind, zeigen Sie 'mal her! Ja du meine Güte, da weiß man nicht, soll man lachen oder weinen über das Geschmiere. Geschwind in's Feuer damit, daß niemand sieht, wie Sie schreiben. Und ihr Vater selig war ein Pfarrer!«

Mit bitterer Beschämung dachte Leonore in der Stille der vergeblichen Mühen des treuen Vaters um ihre Ausbildung, und wagte nichts zu erwidern.

Im Laden war die Schwierigkeit noch größer; Lorchen brach der helle Angstschweiß aus, wenn sie rechnen sollte, was ein halber Vierling Kaffee ausmacht, wenn das Pfund 28 Kreuzer kostet. Sie stand mit der Kreide, rechnete und löschte wieder aus, bis sich der Laden mit ungeduldigen Kunden füllte. Sie mußte des Ladengeschäfts ein für allemal enthoben werden.

Freilich kam ihr manchmal der Gedanke, noch einzuholen, was ihr fehlte, und das verscherzte Paradies vielleicht dennoch zu gewinnen. Aber wie hätte sie das angreifen sollen? Sie konnte doch nicht wieder mit Kindern in die Schule gehen, und sie fühlte, daß sie weniger wußte als ein Kind.

Lange war ihr bang vor dem Wort, das endlich eben doch ausgesprochen wurde: »Liebes Kind«, schlug ihr Frau Römer eines Tags vor, »wie wär's, wenn Sie zu dem Steuerrath Benzing in U. als Haushälterin gingen? Da ist erst die Frau gestorben und Kinder genug, die aber fast alle schon in die Schule gehen. Zu arbeiten, zu nähen und flicken gibt's da genug, und man wird nicht viel nach Lesen und Schreiben bei Ihnen fragen. Der Gehalt ist größer als bei mir, und, – nehmen Sie mir's nicht übel, aber in ein Kaufmannshaus taugen Sie einmal nicht: obgleich Sie die beste Hausjungfer von der Welt sind.«

Die Sache arrangirte sich und Leonore verließ in heißen Thränen, mit bitterem Herzweh das Haus, in dem ihr einmal so wohl geworden war. Frau Römer, und auch Wilhelm, der Sohn, beschenkten sie noch auf alle Weise, wie um ihr dies stille Weh zu vergüten.

Wir lassen sie indeß bei dem Herrn Steuerrath, wo ihr in dem engen, überfüllten Stadtlogis unter den vielen Kindern erst recht das Heimweh kam nach den behaglichen Räumen bei Frau Römer, mit dem Gedanken: »und ich will hier erst noch zeigen, was man auch ohne Schulbildung und Gelehrsamkeit ausrichten kann, daß Euch's noch reuen soll!« und sehen uns nach Sophie um.

10. Sophie als Gouvernante

Sophie hatte einen recht freundlichen Eintritt an ihrem neuen Bestimmungsorte. Von der Gräfin wurde sie mit vieler Güte, von den Kindern, vier Mädchen, im Alter von 6 bis 12 Jahren, die sich freuten, eine so junge hübsche Gouvernante zu bekommen, mit zutraulicher Freundlichkeit empfangen. Es wurde ihr ein hübsches Zimmer angewiesen, und das Zimmermädchen hatte auch sie zu bedienen. Die schöne Umgebung des freundlich gelegenen Landhauses, die gute Tafel, die artige Behandlung, das Alles that ihr gar wohl, und sie setzte sich an dem Morgen, wo ihr Unterricht beginnen sollte, mit besonderem Behagen an den Tisch im Lehrzimmer. Die Gräfin selbst wohnte dem Unterrichte bei, was sie etwas beklommen machte, da sie doch fand, daß sich das Unterrichten nicht so von selbst gebe, wie sie sich gedacht hatte; aber sie war ein gescheidtes Mädchen und hatte auch schon im Institut und in Onkel Stadtpfarrers Hause einige Vorübungen gemacht. So ging es bald gut; die Kinder lernten gern, und die Gräfin war zufrieden.

Die ersten Wochen verflossen ihr äußerst angenehm, wenn sie auch das Unterrichten etwas anstrengte. Sie genoß das Frühstück auf ihrem Zimmer, bereitete sich in dem schönen Garten auf ihre Lectionen vor, ertheilte diese in dem anmuthigen Gartensaale; dazwischen machte sie eine Pause, in der sie sich mit den Kindern zwischen den Bäumen und Büschen erging. Mittags bei der Tafel wurde sie vom Grafen und der Gräfin wie ein Glied des Hauses behandelt; Nachmittags machte man hübsche Ausfahrten oder große Spaziergänge, da den Kindern alle Tage ein neuer Ort einfiel, den man der Fräulein Winter auch noch zeigen müsse; Abends machte man Musik.

So ging das eine Weile auf's Schönste. Die fatalen Arbeitsstunden suchte Sophie so lang als möglich fern zu halten. Sie hatte sich wohl gedacht, daß man auch Unterricht in Handarbeiten verlangen werde, aber sich dann wieder leicht getröstet. Viel, dachte sie, wird ja in einem vornehmen Hause doch nicht gearbeitet, kann ich doch ein wenig Häkeln und Körbchen flechten! stricken werden die Kinder schon können.

Vierzehn Tage nach Sophiens Ankunft sagte die Gräfin: »so, ihr Lieben, nun haben die Feiertage ein Ende! Ich trete eine kleine Reise an«, sprach sie zu Sophien gewendet, »und überlasse die Kinder ganz Ihrer Aufsicht. Ihre Vorgängerin, Mademoiselle Lacroix, ließ die kleineren Kinder Nachmittags zwei Stunden, die älteren drei Stunden arbeiten. An vier Tagen in der Woche überlasse ich Ihnen die Arbeiten zu bestimmen; Mittwochs und Samstags wird in unserer kleinen Fabrik gearbeitet; die habt ihr Fräulein Winter auch noch nicht gezeigt«, schloß sie, zu den Kindern sich wendend.

»Ja in die Fabrik, in die Fabrik!« jubelten die kleinen Mädchen und hingen sich an Sophiens Arm, die nicht recht wußte, was das bedeuten sollte. Die Fabrik war ein großes helles Zimmer im obern Stock, in dem es aber keineswegs gräflich aussah. Da standen zwei Tische, der eine mit Strickkörbchen, der andere mit Nähzeug, angefangene Röckchen, Leibchen, Kinderjäckchen; – was konnte die Gräfin damit wollen?

»Sehen Sie, meine Liebe,« sagte die Gräfin, »das ist unsere Fabrik! Hieher kommen zweimal in der Woche Mädchen vom Dorfe, die ich dazu ausgewählt habe, und hier wird von unsern Armen und für diese gearbeitet. Die kleinen Mädchen stricken, die größeren üben sich an alten Kleidern und einfachen Stoffen im Nähen. Meine Kinder sollen ihre Zeit und ihre Hände nützlich anwenden lernen. Ueber die Strickerinnen führt meine Henriette und ein älteres Dorfmädchen die Aufsicht; zum Zuschneiden und Nähen kommt hie und da eine Person vom Dorfe, die aber jetzt krank ist. – Sie, als die gut erzogene Tochter eines bürgerlichen Hauses, werden es ganz leicht finden, inzwischen ihre Stelle zu ersetzen; es ist alles ganz einfach, wie Sie sehen.« Sophie murmelte ein paar Worte der Zustimmung, ließ aber zugleich die Bemerkung fallen, daß sie in gewöhnlichen Handarbeiten etwas außer Uebung sei. Das kam ihr doch ganz ungeschickt! welch' ein unnöthiger Einfall der Gräfin, eine Schneiderei zu errichten!

»Das wird sich bald wieder geben,« meinte zuversichtlich die Gräfin, »es ist ja gar nicht mehr nöthig, als jedes junge Mädchen verstehen *muß*, um ihre eigene Garderobe in ordentlichem Stande zu erhalten; Mit dem Schnitte nehmen's unsere Dorfkinder nicht so genau, nur gut genäht!« »Und alle Weihnachten und Ostern wird bescheert, um Weihnacht Winterkleider, die Sommerkleider zu Ostern,« erzählten die Kinder, »das ist so hübsch!« »Und an den andern Tagen müssen Sie uns was Schönes lehren auf Mama's Geburtstag!« flüsterte ihr Henriette, die älteste, zu. Sophie war keineswegs erbaut von diesen Aussichten; der Schrecken von der Nähstube war ihr in alle Glieder gefahren.

Die Gräfin reiste ab, beruhigt, ihre Kinder in so guten Händen zu lassen; Sophiens Kenntnisse, ihr lebhaftes Wesen, ihre heitere Weise, sich mit den Kindern zu beschäftigen, und ihre Gabe, sie zu unterhalten, gefielen ihr sehr wohl. Fertigkeit in Handarbeiten setzte sie bei jedem Mädchen voraus, zumal da sie hierin keine hohen Ansprüche machte.

Sophie suchte sich zu helfen, so gut sie konnte: sie ließ eines der Mädchen ein Drahtkörbchen flechten, ihre einzige Kunst, die zweite häkeln, was sie auch noch ein wenig verstand, und die andern thun, was sie wollten. Sie selbst nahm eine Arbeit in die Hand und gab sich mehr Mühe, sie hübsch zu machen, als je zuvor in ihrem Leben; aber Kinder haben gar scharfe Augen für die Mängel von Vorgesetzten, und Sophien entgingen die spöttischen Blicke nicht, welche die Mädchen manchmal auf ihre Arbeit warfen. Die Fabriktage aber waren Tage sauren Schweißes für sie; zwar wandte sie all' ihren Verstand an, um ihre Unkenntniß zu verbergen und selbst von der Geschicklichkeit der älteren Mädchen zu lernen; aber oft kam ihr vor, als ob es absichtliche Bosheit der Kinder sei, wenn sie immer wieder um Dinge fragten, die sie nicht wußte, oder wenn sie ihre Arbeit aufmerksam besahen und riefen: »wer hat so krumme Stiche an der Schürze gemacht?« und kichernd die Köpfe zusammensteckten.

Das Gefühl ihrer Unzulänglichkeit machte sie auch hie und da übler Laune in den Lehrstunden, und das Verhältniß zwischen ihr und den Kindern blieb nicht immer so heiter wie anfangs. Und doch war sie so gerne hier. Die fatalen Arbeiten waren der einzige Schatten auf ihrem Leben. Es war ein edler freundlicher Ton in dem Hause, so wie ihn wahrhafte Bildung gibt, die auf dem Grunde eines ächt christlichen Sinnes ruht.

Am schönsten waren die Sonntage. Da machte man bei schönem Wetter in aller Früh den Gang zur Kirche in das Dorf, das eine Viertelstunde vom gräflichen Schloß entfernt war. Der Weg führte durch eine wunderschöne Allee alter Buchen, die kleine Kirche und das Pfarrhaus lagen auf einer Anhöhe etwas abgesondert vom Dorf. Es war so recht das Ideal eines Pfarrhauses! Der Eingang war von hohen Linden beschattet und ein schmaler Weg führte über den grünen Rasen bis zu der Kirche. Ein Blumengärtchen, der Stolz der Fräulein Ludovike, der bejahrten Tante des jungen Pfarrers, umgab die andre Seite des Pfarrhauses, – es war so wunderbar still und friedlich hier, – es wurde Sophien so heimathlich zu Muthe, daß sie vor Heimweh hätte weinen mögen. Die Kinder waren hier ganz zu Hause, der Spiz, der sich vor der Hausthür sonnte, sprang wie toll vor Freude, wenn er sie von weitem sah; die alte Pfarrmagd legte ihr Gesicht in die freundlichsten Falten, Wenn die kleinen Gräfinnen kamen und die Mädchen meinten sogar, der Kanarienvogel stimme sein schönstes Liedchen an, wenn sie eintreten.

Da die Kinder Nachmittags noch eine Religionsstunde bei dem Pfarrer hatten, an der Sophie Theil nahm, so wurde meist der Mittag bei Pastors zugebracht und die Mädchen glaubten zuversichtlich, daß keine Delikatesse der gräflichen Tafel daheim je der süßen Grüze der Tante Ludovike gleich komme. Der Pfarrer war sehr ernst, fast etwas zu bedächtig für seine Jugend, doch konnte er hie und da im Kreise der Kinder eine kindliche Heiterkeit zeigen, die aus der Tiefe eines warmen, rein bewahrten Herzens quellend, ihm doppelt liebenswürdig stand.

Hier erst lernte Sophie begreifen, daß *die Harmonie des Alltagslebens*, diese höchste und schwerste Aufgabe nicht durch geistige und nicht durch häusliche Vorzüge allein erreicht werde, sondern nur durch die Treue und Liebe, mit der jede Kraft ausgebildet, jede, auch die kleinste Pflicht erfüllt wird.

Sie fühlte nun wohl, welche Quelle harmloser Befriedigung sie sich verstopft hatte, indem sie alle weiblichen Fähigkeiten vernachläßigt hatte, selbst wenn keine Pflicht ihre Uebung erfordert hätte;

sie hätte auch gern noch gelernt, aber das war nun schwer, wo sie schon allerlei kleinen Betrug anwenden mußte, um ihre Unkenntniß zu verbergen.

Fräulein Ludovike dachte dem jungen Mädchen wohl zu thun, wenn sie sie recht oft in die Erinnerungen an ihre Jugend, an ihr Leben und die Lebensweise daheim zurückführte. Da und dort kam bei dieser Gelegenheit zu Tage, wie gänzlich fremd Sophie allen häuslichen Arbeiten geblieben war, Ludovike schüttelte in der Stille bedenklich den Kopf dazu und dachte bei sich: ›nein, wenn ich Mutter wäre, ich ließe kein Mädchen so zur Gelehrsamkeit allein ausbilden; das gibt in Ewigkeit keine Hausfrau!‹ und Sophie erröthete tief, wenn sie bei einem solchen Gespräch den stillen Augen des Pfarrers begegnete, die so aufmerksam, und ihr so furchtbare Zuhörer waren.

Hie und da thaute auch der stille junge Pfarrer auf und vertiefte sich mit Sophien in ernste, tiefeingehende Gespräche, wo sie so gern, ach so gern all ihre Mädchengelehrsamkeit dem gediegenen männlichen Wissen unterordnete, sich so willig belehren ließ. Sollte er, so geistig, so vielseitig gebildet, wirklich so großes Gewicht auf häusliche Fertigkeiten einer Frau legen? Sie wagte nicht sich die Frage zu verneinen, da sie zu verständig war, um nicht allmälich einzusehen, wie sehr auch das geistigste Glück im Familienleben von der guten Ordnung und verständigen Leitung des Haushalts abhängig ist. Sie bekam jetzt auf einmal einen fast übermäßigen Respekt vor den Geheimnissen der Haushaltungskunst und weiblicher Handfertigkeiten, so daß diese ihr, so jung sie noch war, fast unerreichbar schienen.

Als einmal der Graf im Scherz zu Ludoviken etwas über die künftige Frau Pfarrerin sagte, hatte sie geäußert: »o, gnädiger Herr, mein Neffe kommt in seinem Leben nicht zu einer Frau!« »Ist er denn so anspruchsvoll?« hatte der Graf gefragt. »Das nicht eben, aber so bedächtig, so gar gewissenhaft! Bei Einer zweifelt er, ob er sie glücklich machen könne, bei der Andern, ob sie ihn beglücken würde; einmal will er nicht wählen ohne besondere Zuneigung, was man so Liebe nennt, und wenn ich denke, er sei verliebt, so ist er erst recht besorgt, ob er auch ein rechtes Urtheil über den Gegenstand habe, gerade weil er ein wenig verliebt sei, er will gar keine Ansprüche machen, und doch ist ihm Keine vollkommen genug; Sie werden sehn, er kommt zu Keiner!« Sophie mußte oft unwillkührlich an dies Gespräch denken, wenn sie den stillen prüfenden Augen begegnete.

Als die Gräfin von der Reise zurückgekehrt war, hatten sich die Mädchen beeilt, ihr mit kindischem Wichtigthun ihre Entdeckungen über die neue Gouvernante mitzutheilen. »Mutter,« hieß es, »Fräulein Winter kann nicht weiß sticken: ich wollte noch einen neuen Stich an meinem Kragen lernen, da wußte sie nicht einmal recht, wie man die Nadel hält!« – »Mutter, Fräulein Sophie kann gar nicht recht nähen: an dem wollenen Röckchen hat sie eine Ueberwindlingnaht gemacht, und nicht umgebückt, wo kein Salband ist; alles ist wieder aufgegangen, und zuschneiden kann sie gar nicht!« und – »Mutter, sie kann nicht einmal flicken: einen Riß an ihrem Kleide hat sie nur so zusammengezogen, und die zerrissenen Strümpfe muß ihr das Mädchen flicken,« – und »Mutter,« wußte die Kleinste, »solch ein garstiges Strickzeug hat sie, und ich sah in ihrem Körbchen zwei angefangene Strümpfe, die sie gar nicht fortgestrickt hat!«

Die Mutter hörte diese schweren Anklagen zuerst mit Lächeln und verwies den Kindern ein unbescheidenes Spioniren nach Fehlern; aber sie nahm sich vor, aufmerksam zu sein. Sophie bemerkte dies und fühlte sich sehr unbehaglich. Sie wollte ihr Bestes thun; aber es kam gerade oft ungeschickter heraus und sie fühlte mehr und mehr, daß das Verhältniß ein untergrabenes sei. Endlich kam eine Erklärung der Gräfin, die Sophie geahnt, aber zu sehr gefürchtet hatte, um nicht doch darüber zu erschrecken. »Liebes Fräulein, Sie taugen nicht für mein Haus; die Lehrerin meiner Kinder soll ihnen auch in weiblichen Tugenden und Fertigkeiten Beispiel sein. Ich schätze Ihre Talente und Kenntnisse, ich könnte den Unterricht in Handarbeiten etwa durch Andere ertheilen lassen; aber Sie sind durch diese Mängel zu sehr in der Achtung der Kinder gesunken, Sie hätten keine Autorität mehr. Ich weiß nicht, ob es eine Stelle gibt, bei der sie weibliche Handfertigkeiten so ganz entbehren können; ich rathe Ihnen daher, nach Hause zu gehen und das Versäumte so viel wie möglich nachzuholen, so lange Sie noch jung sind.«

Dazu aber konnte sich Sophie nicht entschließen, nachdem sie erst ein halbes Jahr vorher so fröhlich, ihrer Sache so sicher ausgezogen war! Ueberdies wußte sie nicht einmal, wohin? Onkel Dekan würde sie freundlich aufnehmen, aber doch nur aus Güte, – dagegen sträubte sich ihre ganze Natur. Die Gräfin sah das und versprach, sich nach einer andern Stelle für sie umzusehen. Da traf es sich denn glücklich, daß eine alte Dame ihrer entfernten Bekanntschaft eine Gesellschafterin und Vorleserin suchte. Die Gräfin schlug Sophie dazu vor, und diese, der die neue Stelle, wo man gewiß keinen Näh- und Flickunterricht verlangte, wie eine wahre Himmelsgabe vorkam, schlug mit Freuden ein. Der Abschied aus dem gräflichen Hause fiel ihr übrigens sehr schwer; auch die kleinen Mädchen, denen man den Grund des Wechsels natürlich mittheilte, und die sie lieb gehabt hatten, waren sehr betrübt. Die Gräfin, die großes Mitleid mit ihr hatte, beschenkte sie reichlich, auch die Kinder brachten ihr hübsche Andenken; aber nichts konnte sie von dem bitteren Gefühle befreien, daß sie durch eigene Schuld diese freundliche Stätte verliere. Sie nahm auch noch Abschied von Fräulein Ludovike im Pfarrhause; bis jetzt hatte sie sich zusammengenommen und nirgends merken lassen, wie schwer ihr der Abschied wurde. Als sie aber in dem alten traulichen Stübchen saß, auf dessen hellen Wänden die Schatten der Linden hin- und herspielten, da war ihr erst, als müsse sie mit dem Abschied von dieser Stätte von ihrem Paradiese scheiden, und sie konnte kaum mehr reden vor unterdrücktem Weinen.

Ludovike wußte von der Gräfin, die sich manchmal mit ihr berathen hatte, und aus ihrer eigenen Beobachtung wohl die Gründe für Sophiens baldige Entfernung; sie war eine herzgute Person und hatte Sophie herzlich lieb gewonnen, aber ihr, die sehr häuslich erzogen war, kam der Mangel an häuslichen Kenntnissen und Fertigkeiten ein ganz unersetzlicher und furchtbarer vor, und das arme Mädchen, die mit achtzehn noch nicht ordentlich stricken, nähen und flicken konnte, betrachtete sie mit einem ganz unaussprechlichen Mitleid und wußte kaum wie sie sie trösten sollte.

»Sie sind ja noch jung, liebstes Fräulein,« sagte sie endlich, »es kann Ihnen noch lange gut gehen und daheim gibt es manches noch zu lernen.« »Ich gehe nicht heim, ich habe keine Heimath,« sagte

Sophie und ihr gedrücktes Herz machte sich in bittern Thränen Luft; aber sie trocknete sie rasch bei dem Eintritt des Pfarrers.

Der Abschied des Pfarrers war kurz, obgleich er Sophiens Hand länger in der seinen hielt als nöthig gewesen wäre, so that es ihr doch weh, daß er so wenig Worte für sie hatte. Sie wußte nicht, daß er hinter dem Vorhang seines Studirzimmers ihr nachblickte, so lange er sie noch sehen konnte, daß er nachher lange, lange in innerem Kampf auf und abschritt, sie wußte nicht, wie gern er sie gebeten hätte, sein Haus und Herz als Heimath anzunehmen. Aber, Tante Ludovike hatte nicht Unrecht, er war eine bedächtige Natur, die Für und Wider bei allen Schritten genau, fast zu genau abwog. Sein Frauenideal mußte er sich neben allem Reichthum des Gemüths denn doch stets in emsigem, häuslichem Walten als umsichtiges Hausmütterchen denken, und die innigste, wahrste Liebe war bei seiner ernsten Natur nicht feurig genug, um alle Schattenseiten des geliebten Gegenstandes zu verklären. Er war, sei es gesagt auf die Gefahr hin, daß poetische Seelen sich mit Abscheu von ihm wenden, er war prosaisch genug, selbst der Dame seiner stillen Liebe gegenüber an die Nachtheile von zerrissenen Hemden, verbranntem Essen, unordentlichen Zimmern zu denken, und zu glauben, daß diese Uebelstände auch in die Harmonie der Seelen einen Mißlaut bringen könnten. Er sagte sich freilich: ›sie ist so jung, so talentvoll, das Bischen Haushaltung wird sich wohl noch einholen lassen‹ aber, kam das Bedenken wieder: ein Mädchen, die so das Nöthigste der ächt weiblichen Ausbildung versäumt hat, hat auch keinen Sinn, kein Herz für ihren weiblichen Beruf, kein rechtes frommes, demüthiges Frauenherz, sie würde sich unglücklich fühlen, an's häusliche Joch geschmiedet zu sein, ›aber da ist ja die Tante‹ schlug wieder die Stimme des Herzens vor, ›nein, meine Frau soll einmal *Hausfrau*, die leitende Seele des Hauses sein, nicht ein Gast unter ihrem eigenen Dach, der sich füttern und kleiden läßt‹ sagte der nüchterne Verstand darauf. Und, um es offen zu gestehen, obgleich ein Mann im rechten Sinn des Worts, hätte der Pfarrer doch kaum den Muth gefunden, der Tante nur von einer solchen Wahl zu reden, ihr, die nur im Ton des tiefsten Mitleids von ›dem armen verwahrlosten Mädchen mit ihrem Bischen Wissenschaft‹ sprach.

Und so ließ er Sophien ziehen mit einem Herzweh, wie er es nie empfunden; er wurde von der Zeit an stiller, scheuer vor Gesellschaft, und die Tante verzagte mehr und mehr daran, daß er ›noch zu Einer komme‹

Mit dem Beginn des Frühlings war Sophie auf Diepenbrok, dem Gut der Gräfin eingezogen, – es war im Oktober, mit den Herbstwinden und fallenden Blättern, als sie an dem etwas trübseligen Schlößchen vorfuhr, das Frau von Ahrens, ihre neue Herrin, bewohnte, und sie brachte wenig von dem guten Muth mit, der ihr den ersten Eintritt in die Fremde erleichtert hatte.

Leonoren hatte sie in dieser Zeit auch einigemal geschrieben, und diese hatte auch ihr einige Briefe geschickt, die man für Hieroglyphenschrift hätte halten können. Aber die Schwestern verstanden sich zu wenig, und Leonorens Unfähigkeit zum Schreiben erschwerte den Verkehr zu sehr, als daß ein Zusammenleben in der Ferne möglich gewesen wäre. Die Schwestern, die beide so allein in der Welt standen, dachten freilich oft mit Liebe an einander. Daneben aber meinte doch Sophie hie und da im Stillen:»meine Leonore, die unwissender ist als ein Bauernmädchen, die macht ihren Weg in der Welt mit ihrem bischen Flicken und Stricken und Kochen, und ich mit meinen schönen Kenntnissen soll nicht einmal eine passende Stelle finden!« und so dachte Lorchen auch wohl mit einiger Bitterkeit: »ja die Sophie, die ihr Lebtag nicht schaffen mochte, und sich hinsetzte, wie eine Prinzeß und nicht ihre eigenen Strümpfe flicken kann, die lebt jetzt in Schlössern herrlich und in Freuden mit ihrem Bücherlesen und Schreiben, und ich, die ich mir's immer sauer werden ließ und Alles verstehe, ich soll von Haus zu Haus ziehen und nirgends gut genug sein!« Wie bittres Unrecht geschieht doch den Leuten auf der Welt!

11. Zusammentreffen

Das Wittwenhäuschen in Altenzimmern stand, seit es die Schwestern verlassen, wohl verschlossen, aber in seiner ganzen, einfachen Einrichtung noch unverändert, wie es bei der Mutter Lebzeiten gewesen war. Es war von einer längst verstorbenen Frau Pfarrerin für Pfarrwittwen gestiftet worden und wäre jedenfalls leer geblieben. Da hatten die Verwandten beschlossen, hier den Schwestern die Betten und das Hausgeräth vorläufig aufzubewahren. Frau

Hauschin, die verwittwete Schultheißin, die allezeit die Geheim-
räthin und Hausfreundin der seligen Frau Pfarrerin gewesen war,
erbot sich mit Vergnügen für das Lüften der Zimmer und die Erhal-
tung der Sachen Sorge zu tragen. Frau Hauschin war stolz auf ihr
anvertrautes Amt, namentlich gegenüber der gegenwärtigen Pfarrerin, die ihren Rath und ihre Freundschaft nicht verlangte und gegen
die sie daher eine unauslöschliche Pique hatte, und besorgte alles
aufs Beste.

Es waren bald zwei Jahre, nachdem die Schwestern die Heimath
verlassen hatten, im Beginn des Frühlings, als man alle Fenster des
Häuschens offen und die rüstige Wittwe mit ganz besonderer Geschäftigkeit darin handthieren sah. ›Jungfer Lorchen‹ hatte ihr geschrieben, daß sie in den nächsten Tagen in aller Stille gern in ihrer
alten Heimath einkehren und einige Zeit da verweilen wolle. Frau
Hauschin hatte den neugierigen Dorfbewohnern nie zugegeben,
daß die Pfarrtöchter in Dienste getreten seien, ›sie helfen vornehmen Herrschaften eine Weile aus, so lang es ihnen gefällt,‹ dabei
blieb's. So erklärte sich's auch ganz natürlich, daß Lorchen wieder
eine Weile in die alte Heimath kam. Leonore war von Frau Hauschin wie vom übrigen Dorf stets der Schwester vorgezogen worden; zwar bewunderten sie Sophien höchlich wegen ihres hübschen
seinen Aussehens, ihres modischen Anzugs und wegen ihres reinen
Deutsch und nannten sie vorzugsweise ›die g'scheite Pfarrjungfer,‹
aber Lorchen war viel populärer, sie interessirte sich für jede Kuh
im Dorfe, konnte mit jeder Bäuerin plaudern, – sie freuten sich Alle,
daß sie wieder bei ihnen einkehrte.

Frau Hauschin hatte die Wohnstube behaglich erwärmt, das Bett
in der uralten Himmelbettlade, das die Schwestern von Kindheit
auf getheilt hatten, frisch bezogen, auf dem Tisch prangte ein ›di-
cker Kuchen‹, den sie ihrem ›Leonorle‹ zum Eintrittsgruß gebacken
hatte; freundliche Bauernweiber hatten den Küchenkasten mit allerlei Grüßen an Mehl, Butter, Eier, dürrem Obst gespickt, Lieschen
brachte noch einen Stock mit braunen Nelken, – sie konnte kaum
erwarten, bis sie endlich das ›Pfarrlenorle‹ in dem bekannten dunkeln Shawl das Dorf herabkommen sah.

»Ei du meine Güte, Jungfer Lenorle,« empfieng sie sie nach dem
ersten Gruß, »ich meine, Sie sehen nicht so gut aus wie sonst, haben

Sie sich denn so abschaffen müssen, du lieber Gott, ein Waislein ist eben übel dran; kommen Sie denn zu Fuß?« – »Ich bin bis Untersberg mit der Post gefahren,« sagte Leonore, die es diesmal sehr nach Einsamkeit und Stille verlangte, von der sie bisher keine besondere Freundin gewesen war. Aber zur Einsamkeit kam sie noch nicht so bald, es stellten sich noch einige Dorfweiber ein, die einen Küchengruß brachten und hören wollten, wie es ihr indeß gegangen, die den Papa selig lobten und über den neuen Pfarrer ein wenig schimpften. Da aber Leonore viel stiller war als sonst, so entfernten sie sich bald und meinten auf dem Heimweg, sie sei doch draußen etwas stolz geworden. Das ließ aber die Hauschin nicht gelten, obgleich sie selbst auch nicht recht zufrieden war: »was glaubt Ihr, wenn man wieder kommt an einen Ort, wo man vorher daheim gewesen ist, da wird einem immer das Herz schwer, und das ist bei Privatleuten noch viel mehr als bei unser Einem. Ich habe noch die gar alte Frau Pfarrer Bauzenbergerin gekannt, wie die einmal wieder als Wittfrau in das Pfarrhaus gekommen ist, hat sie geschrieen, daß man's drei Häuser weit gehört hat.« Gegen so ein eklatantes Beispiel wußten die Weiber nichts einzuwenden und gaben sich zufrieden. Leonore schrie nicht, daß man's drei Häuser weit hörte; nachdem sie dem Andenken der lieben Mutter ihre Thräne geweint, richtete sie sich ein in den engen vier Wänden und fühlte sich ganz unbeschreiblich wohl wieder in einem Eigenthum. Es dünkte ihr, nach den Erfahrungen, die sie gemacht, in diesem Augenblick eine Glückseligkeit, ihr Lebenlang hier zu ›eigenbrödeln‹, wo man nicht mehr von ihr verlangte, als was sie wußte und konnte; – aber sie fühlte denn doch wieder, daß sie dazu zu jung sei und daß sie ein berufloses Leben nicht ertragen könnte. Nach wenigen Tagen schon dünkte ihr dies Leben zwecklos und einsam, sie sehnte sich nach Stoff für ihre Thätigkeit.

Den sollte sie nun ganz unerwartet finden. Sie saß Abends mit Frau Hauschin auf der Bank vor dem Hause emsig strickend und ließ sich Dorfbegebenheiten erzählen, die sich in ihrer Abwesenheit ereignet hatten, als ein leichtes Gefährt, mit einem Koffer und etlichen Paketen und Schachteln beladen, das Dorf herauffuhr. Ein junges, elegantes Fräulein stieg aus. »Sophie! grüß Gott, Sophie!« rief Leonore, und lachend und weinend lagen sich die Schwestern in den Armen; so innig, mit so unbeschreiblicher Freude und Liebe hatten sie sich nie begrüßt.

Leonore war stolz, die Wirthin zu machen, sie führte Sophie in's Zimmer, nahm ihr die überflüssigen Hüllen ab, brachte ihr Gepäck unter und bewirthete sie mit ihren ländlichen Vorräthen. Mit tiefer innerer Beschämung und Rührung sah Sophie diesmal die häusliche Geschäftigkeit, die dienende Sorgfalt der Schwester, die sie sich sonst so vornehm hatte gefallen lassen.

Wie freute sich Leonore, daß sie, mit ihrer gewohnten Umsicht, vor ihrem Abzug in die Heimath sich noch in der Stadt mit einigen Vorräthen eingerichtet hatte und die Schwester mit Thee bewirthen konnte, dem sie selbst sonst wenig nachfragte. Wie oft hatte sie bei der Mutter gemurrt, wenn Sophie sonst in den Ferien war und Thee zum Abendbrod erschmeichelte statt der Suppe, die Leonore für gesunder und wohlfeiler hielt; nun sie die Wirthin war, ordnete sie so freundlich die Tassen, die schöne frische Butter und das gute Brod, ja sie bereitete sogar einige Eier dazu, was ihr sonst der Gipfel von Uebermuth und Luxus erschienen war und brachte zuletzt noch ein Täßchen mit schönem, klarem Honig, den ihr die Müllerin verehrt hatte.

»Wie gut du bist, Lorchen,« sagte Sophie einmal über das andere, »komm, ich bitte dich, setz dich endlich und genieße auch etwas, ich schäme mich, wenn du mir so aufwartest; – so, nun will ich auch dich bedienen,« sagte sie, als endlich Leonore sich niederließ und schenkte ihr Thee ein und strich ihr Butterbrode, und die zwei Schwestern waren im Stillen ganz verwundert über das neue Element von Liebe und Freundlichkeit, das in ihnen erwacht war und fühlten sich seelenwohl darin.

»Ja, Leonore,« hub Sophie an, »wenn ich so ein Hausmütterchen wäre wie du, so wäre ich wohl nicht hier.« »O Sophie,« seufzte Leonore, »wenn ich nur ein Bischen von deiner Gelehrsamkeit profitirt hätte, wer weiß, wo ich jetzt wäre und wie gut ich's haben könnte!« Zu einem rechten Aufschluß über die Vergangenheit kam es aber beim Thee noch nicht.

Erst als die Schwestern sich zur Ruhe gelegt hatten, unter den gemalten Himmel der alten Familienbettstatt, wo sie das bedeckte Lager gegenüber im Auge hatten, auf dem die selige Mutter einst zum letzten Schlummer entschlafen war, als das Licht gelöscht war und nur ein Streifen klaren Mondlichts das Stübchen erhellte, gingen die Herzen recht auf und sie fühlten Beide das Bedürfniß rückhaltlosen Vertrauens. »Schläfst du, Leonore?« fragte Sophie. »Ach nein, ich kann gar nicht schlafen,« sagte diese, »ich muß an so vieles denken.« »Nun, Lorchen, so möchte ich dir gerade jetzt alles erzählen, wie mir's indeß gegangen ist, morgen käme ich vielleicht wieder nicht dazu.« Stolz und glücklich über das Vertrauen der Schwester, von der sie sonst immer das peinliche Gefühl gehabt, daß sie auf sie herabsehe, richtete sich Leonore auf als bereite und aufmerksame Zuhörerin.

Und Sophie fing an und erzählte ihr zuerst von dem Aufenthalt bei der Gräfin, von aller Liebe und Freude, die sie dort genossen, von dem Pfarrhaus bei den grünen Lindenbäumen, und offener als sie gewollt, offener als sich selbst, gestand sie, nun das Vertrauen im Fluß war, der Schwester, wie allein an ihr selbst, an ihrem Mangel an weiblichem Fleiß und Geschick es gelegen, daß sich dieser freundliche Aufenthalt für sie geschlossen hatte.

»Nun kam ich,« fuhr sie fort, »zu Frau von Ahrens, und obgleich mir's schon beim Eintritt in ihre düstere Wohnung heimwehartig zu Muthe ward, so nahm ich mir doch vor, Alles zu thun, um hier bleiben zu können. Frau von Ahrens war eine alte, kränkliche Dame; sie saß, fast so lange ich da war, Tag für Tag in einem sammtenen Lehnstuhl am Fenster, ich ihr gegenüber auf einem Tabouret. Ich fing mein Amt als Vorleserin an; meine Stimme, meine deutsche und französische Aussprache gefiel ihr; manchmal musizirte ich ihr ein wenig, dann nahm ich etwas in die Hand, was einer Arbeit gleich sah, erzählte ihr Gelesenes oder Erlebtes, – wir kamen vortrefflich mit einander aus in den ersten Wochen.

»Aber Frau von Ahrens war sparsam und durchaus nicht gesonnen, mich zum bloßen Vorlesen zu besolden, obgleich meine Stelle diesen Namen hatte. Auch war es wohl natürlich, daß sie von einem gesunden jungen Mädchen noch andere Dienste erwartete. Sie hatte eine besondere Liebhaberei für schöne Arbeiten, da sie sich auf ihr scharfes Gesicht bei ihrem Alter etwas zu Gute that. Ihre Freude dauerte aber nicht zu lange; wenn sie einige Blumen gemacht hatte, so gab sie die Arbeit mir: »nicht wahr, Fräulein Winter, Sie vollenden mir das?« Ich that's freilich; aber wie? – Dann hatte sie ganze Kästen und Truhen voll alter Atlaßkontuschen und Salopps und Enveloppes und Aufsätze von ihren Uhranfrauen her. Wenn sie sich nun einen schönen Tag machen wollte, so mußte die alte Kammerjungfer einen Korb voll davon auf den Platz bringen; sie wurden probirt und sollten verändert werden nach neuem Geschmacke. Ebenso hatte sie beständige Veränderungen mit Spitzenhauben und Kragen im Plane. Die alte Kammerjungfer konnte sie zwar vortrefflich ankleiden und frisiren; aber zu Nadelarbeiten reichten ihre Augen nimmer aus, da hieß es denn: »wir haben uns schon lange gefreut, ein paar junge Augen zu Hilfe zu bekommen,« und überall sollte ich aushelfen. Alles verschwor sich gegen mich: einmal erkrankte die Kammerjungfer und Köchin zugleich, da sollte ich gar noch an der Köchin Stelle treten und wie Frau von Ahrens meinte, wenigstens ihr Krankensüppchen kochen. Und meine Kochkunst ging doch nie über die Bereitung eines Thee hinaus. Nun sagte ich ihr wohl, ich habe mich zur Erzieherin ausgebildet und verstehe weder Schneiderei, noch Putzmachen, am wenigsten die Küche; das verstimmte aber meine Gnädige ungemein, und sie meinte, was sie wünsche, *müsse* sich bei jedem Mädchen von selbst verstehen, zumal bei einer *Pfarrtochter*; – es ist nicht zum ersten Mal, daß mir dieser Vorwurf in's Herz schnitt, der eigentlich, und wie unverdient! unserer guten treuen Mutter galt.« Leonore nickte bedeutsam. »Nun, daß ich's kurz mache, unser Verhältniß wurde immer kühler; mit den verzweifelt scharfen Augen bemerkte Frau von Ahrens auch jeden Mangel meines Anzugs, wo mir in Elfenburg noch die gefällige Kammerjungfer nachgeholfen. Sie meinte, dazu sollte doch wenigstens eine Erzieherin erzogen sein, ihre eigene Garderobe in Ordnung zu halten, und bald nach Neujahr rieth sie mir, bis zum Frühling eine andere Stelle zu suchen. Ich war so gebeugt und muthlos, so verzagt an mir selbst, daß ich der Gräfin Alles schrieb und sie um ihren Rath bat. Sie antwortete mir sehr gütig und meinte ganz bestimmt, ich solle zunächst an gar nichts denken, als um jeden Preis das Versäumte einzuholen, so lange ich noch jung sei, und wenn mich's die größte Ueberwindung und Demüthigung koste. »Sehr wenige und seltene Ausnahmen unseres Geschlechts,« schrieb sie mir, »sind zu ausschließlich geistigem Wirken berufen, und selbst diesen verzeiht man kein zerrissenes Kleid. Ohne eine geschickte, fleißige Hand und ein liebevoll aufmerksames Auge für die kleinen Bedürfnisse des Lebens werden Sie nirgends recht am Platze sein und nirgends sich zufrieden fühlen. Und es mag wohl sein, daß ein edler, guter Mann, der Ihnen eine freundliche Heimath für's Leben hätte bieten mögen, nur durch die Erwägung zurückgehalten wurde, daß, um ein Herz und ein Haus zu beglücken, nicht nur eine gebildete, sondern vor Allem auch eine häusliche und fleißige Frau nöthig ist.« – »Was hat sie denn damit eigentlich gemeint?« fragte Leonore, bei der diese Stelle auch eine innere Saite anschlug.

»Ach, ich weiß nicht so recht; ich sage dir das ein andermal,« sagte Sophie, froh, daß die Nacht ihr tiefes Erröthen verhüllte. »Da beschloß ich denn, dem Rath der Gräfin zu folgen, und, wohl oder übel, wie ein kleines Mädchen mit Stricken und Nähen zu beginnen, mir mit Mühe unter Fremden die nöthigsten Begriffe des Haushalts zu erwerben, die mich die selige Mutter so gern umsonst gelehrt hätte.

Ehe ich aber mich zu der Demüthigung entschloß, mich über diesen Plan mit der Tante Stadtpfarrerin zu berathen, zog mich's in die alte Heimath, um einige Tage hier in der Stille auszuruhen und mit mir selbst in's Klare zu kommen. Nun danke ich Gott, daß ich dich hier getroffen und dir alles sagen konnte.«

Sophiens Bericht war Leonoren einigermaßen tröstlich und wohlthuend gewesen neben allem Mitleid, das sie mit der Schwester hatte. Sie war in der letzten Zeit oft so gedemüthigt worden, all ihr Fleiß und ihre häuslichen Fertigkeiten so gering geachtet, und nun sah sie, daß diese doch auch noch eine Geltung hatten in der Welt!

»Nun aber, Lorchen, was Einem recht ist, ist dem Andern billig! rück auch mit deinen Erlebnissen heraus!« ermunterte sie Sophie.

»Von Herzen gern,« sagte Leonore und hub an: »Hätte ich auch damals gedacht, als ich die Minuten zählte auf des Vaters Schwarzwälderuhr, ob die verdrießliche Lehrstunde noch nicht aus sei, daß ich noch einen Finger von der Hand geben möchte, um diese Lehrstunden zurückzurufen? Ich glaubte sonst, wenn man einmal von der Schule erlöst sei, so komme ein Mädchen mit Nadel und Rührlöffel durch die ganze Welt, und nun muß mir das verwünschte Lesen und Schreiben und was Alles, mein Lebtag überall zwischen die Füße kommen!«

»Du bist auf gutem Wege zur Gelehrten,« lächelte Sophie, »wenn du so anfängst.«

»Nun, sei nur ruhig, du behältst Recht!« fuhr Lorchen fort. »Wie mir's bei Frau Römer ging, das hab' ich dir geschrieben, so gut ich konnte; dort fehlte mir wirklich gar nichts, als eben das Bischen gut Schreiben und Rechnen. Nun kam ich zu den acht Kindern des Steuerraths; die Frau war lang krank gewesen, da gab's zu waschen, zu flicken, neu zu machen, ich dachte: da bist du am Platze; wenn da die leibhaftige Safao, oder wie so eine Gelehrte geheißen hat, wäre, so könnte sie an kein Buch und an keine Feder denken. Ja, Prosit! Wie ich die Kinder endlich herausgeflickt und das Hauswesen gesäubert hatte, kamen wir soweit in Ordnung und Ruhe, die großen gingen in die Schule, einen Spruch überhören konnte ich allenfalls noch; aber ich mußte mich bald von den Grampen auslachen lassen, wenn sie mich lesen hörten, oder ein paar Buchstaben in meinem Hauskalender sahen. Die großen Buben kamen fort, es ward wieder ruhiger, ich ließ die Mädchen stricken und nähen, da wollten sie noch Unterhaltung dazu: »die Mutter hat mit uns gesungen, die Mutter hat uns vorgelesen, die Mutter hat uns erzählt!« – »Ei was,« sagte ich ihnen, »Arbeit ist Unterhaltung!« – »Sie haben Recht,« sagte eine Frau Tante, die oft in's Haus kam, »es ist nicht nöthig, daß die Kinder die Arbeit als Nebensache und die Unterhaltung als Hauptsache ansehen; aber ein gutes Gespräch oder eine nette Erzählung oder ein nützliches Buch belebt manchmal den Fleiß.« Ja, die hatte gut reden! Dann kamen Klagen vom Lehrer, die Schularbeiten seien unpünktlich ausgefertigt. »Bitte, nehmen Sie sich auch der Aufgaben ein wenig an!« sagte der Steuerrath, »meine Frau selig hat das noch auf dem Bette gethan.« Da sollt ich Schönschreibhefte, Rechnungen, Aufsätze durchsehen, und die Kinder fragten mich noch alle Augenblicke. Dann kamen die Abende, da wollten sie wieder unterhalten sein! und wenn ich Gänsdarmen statt Gensd'armen las oder so etwas, so gab's ein Gelächter.

»Auch war ein kleines, unmüßiges Mädchen da, das noch nicht in die Schule ging, mit dem ich mir gar nicht zu helfen wußte. »Das Spielen reicht für dies lebhafte Kind nicht aus, Sie sollten es ein wenig Buchstabiren lehren, etwas schreiben lassen, kleine Lieder lehren,« :c. meinte die Frau Tante. Nun die Buchstaben kenne ich Gottlob! aber wie ich's mit dem Unterrichten angreifen sollte, wüßt' ich nicht recht. Kurz, es war eine Noth und Drangsal, und zuletzt hielt ich's selbst für Pflicht, der Tante zu sagen, ein Mädchen von mehr Schulbildung werde besser hier am Platze sein. Sie nahm das sehr willig an: »Es thut uns wirklich leid, Fräulein Winter, Ihre häuslichen Fähigkeiten zu verlieren; vielleicht aber wollen Sie selbst noch etwas für Ihre Ausbildung thun, die von Ihren Eltern versäumt zu sein scheint« (o, wie bat ich dem treuen Vater meine Trägheit ab!), »und ich muß Ihnen sagen, wenn Sie nicht Köchin oder Näherin werden wollen, so thun Sie daran wohl! Das war nun grob, aber wahr. Der Steuerrath dankte mir übrigens tausendmal für meine Mühe und Treue im Ordnen seines Haushalts. Ich aber habe mir vorgenommen, noch einmal in die Schule zu gehen, es koste was es wolle, und nicht mehr in die Welt hinaus, bis ich nur auch das Nöthigste gelernt habe. Weil ich aber nicht recht wußte, wie ich das angreifen sollte, und mich auch ein wenig schämte, so ging ich zunächst hieher; hier versauern will ich aber nicht.«

Es war fast Morgen geworden, bis die Schwestern ihre Geständnisse vollendet hatten und sich zum Schlummer niederlegten. Am andern Morgen am Frühstücktische, den Leonore emsig bediente, Hub Sophie an: »weißt du was, Lorchen, ich will bei dir die Haushaltung und was dazu gehört, studiren!« – »Und weißt du was, Sophie, ich will bei dir das ABC noch einmal lernen! das ist das Beste: wir zwei haben am wenigsten Grund, uns vor einander zu schämen, und am meisten Ursache, Geduld mit einander zu haben.«

Unter Lachen und Weinen, wenn sie an die verlorene Zeit ihrer frühen Jugend dachten, die nun so mühsam eingeholt werden mußte, entwarfen die Schwestern ihren nächsten Lehr- und Lebensplan und theilten ihn dem Onkel Stadtpfarrer, der, seit Großonkel Maier gestorben, ihr Vormund war, zur Genehmigung mit. Beide, besonders Sophie, hatten von ihrer Dienstzeit ein Sümmchen zurückgelegt, das ihnen leicht möglich machte, ein Jahr hier zusammen zu leben. Onkel Professor hatte wirklich nicht Zeit, sich um Anderer Angelegenheiten zu bekümmern. Einer seiner Söhne war durch's Examen gefallen, weil er seine Studienjahre gar zu eigenthümlich benützt hatte, und der andere aus der Lehre entlaufen, die seiner Eigentümlichkeit gar nicht zusagte.

Onkel und Tante hatten nun freilich ihre Zweifel über das Praktische des Plans und bezweifelten, ob die Geduld der Schwestern den Familienunterricht, dieser höchsten aller Geduldsproben, bestehen würde, namentlich schien für Sophie der Schauplatz gar zu klein zur Erlangung von Haushaltungskenntnissen, aber Sophie meinte, es handle sich bei ihr ja nur um ein Verständniß des Nöthigsten, das sich in Einfachheit, in Stille und Ordnung am Besten erwerbe und da Lust und guter Wille von beiden Seiten so groß war, so willigte man endlich in den Versuch.

Auf des Onkels Anrathen wurde auch das Eis gebrochen und die Nachfolgerspique überwunden, die sich zwischen der alten Frau Pfarrerin und dem neuen Pfarrer gebildet hatte, und die Schwestern fanden bei dem gebildeten Pfarrer und seiner liebenswürdigen Frau herzliche Aufnahme und freundlichen Rath.

Daß die Waisen das Wittwenhäuschen bewohnten, fand keinen Anstand, der einfache Haushalt wurde wieder in Stand gerichtet und es begann zum zweitenmal ein

Wechselseitiger Unterricht

Diese Schwesternschule wäre freilich ein gewagtes Unternehmen, und wohl ein unmögliches gewesen, wenn nicht die Mädchen zuvor schon in der Schule des Lebens den Anfang in der schwersten Lektion: der Selbstverläugnung und Demuth, gemacht hätten. Aber die rechte Schwesterliebe, die sie in der Fremde zuerst gelernt, der Gedanke an die treuen Eltern, denen sie den oft versäumten Gehorsam nun doch als Gabe auf's Grab legen wollten, die Erkenntniß, daß gerade zu den kleinsten Werken die Kraft aus der höchsten Quelle geschöpft werden muß, gab ihnen Geduld und Ausdauer, mehr als man für möglich gehalten hätte. Vielleicht auch ruhte leise und verhüllt im Hintergrund der Herzen ein Traum von irdischem Glück, das noch nicht ganz verscherzt sei, und das der Preis ihrer treuen Bestrebungen werden könnte; – wer kann's läugnen und wer wollte es tadeln; aber was sich ein Mädchen selbst nicht sagt, das brauchen auch Andere nicht zu sagen.

Ein Jahr ist freilich eine gar kurze Zeit, um einzuholen, was durch eine ganze Kinderzeit versäumt wurde; darum sollte dies treulich benützt werden, und die Mädchen begannen mit großem Eifer ihr beiderseitiges Lehramt. Leonore war die Erste, die früh am Tage die schlaftrunkene Sophie weckte. Diese wollte recht von unten auf dienen. Keine Arbeit sollte mehr nur für die Schwester recht und für sie zu gut sein; darum begann sie damit, Feuer aufzumachen, Frühstück zu kochen, Zimmer und Haus zu reinigen und die einfachen Mahlzeiten zu bereiten. Leonore zeigte große Geduld, wenn sie die Schwester in Handarbeiten unterrichtete; aber es zuckte ihr in allen Fingern, selbst anzugreifen, wenn Sophie in Haus und Küche sich oft so ungeschickt zeigte. Im Ganzen war es freilich ein gar kleiner Hausstand, wenn sie auch je und je ein Nachbarkind zu Gaste luden; doch meinte Lorchen, zum ersten Anfang sei es wohl gut, und ein großes Hauswesen bekomme Sophie doch nicht zu leiten. Auch war es gut, daß Zeit genug zu Lehr- und Arbeitsstunden übrig blieb.

Sophie zeigte wirklich viel Gaben und Geduld zum Unterrichten und viel Verstand in der Auswahl des Nöthigsten für ihre bald neunzehnjährige Schülerin, und es begegnete je und je noch dem guten Lorchen, daß sie mit Seufzen nach der Uhr sah, ob es noch nicht Zeit wäre, in die Küche zu gehen; aber Sophiens Beharrlichkeit beschämte sie, sie rief sich all die trüben Stunden zurück, die ihr die Unwissenheit gemacht, und sie faßte sich wieder und that ihr Bestes, glücklich, wenn die Schwester ihre Schülerarbeit lobte. Ebenso stichelte Sophie unermüdlich, trennte auf und nähte wieder nach den Anweisungen ihrer sehr pünktlichen Lehrmeisterin, als ob sie nie etwas Anderes thun wollte. Nur wenige Zeit gestattete sie sich zur Fortübung in den Fächern, die ihr später wieder nöthig sein würden, zur Korrespondenz mit der gütigen Gräfin, die sich ihrer noch mit mütterlicher Treue annahm; auch die Abendstunden widmete sie, neben dem unerläßlichen Strickzeuge, der Schwester, und las ihr, nach der Anleitung Onkel Stadtpfarrers, Werke vor, die ganz geeignet waren, ihr allmählig Geschmack und Freude an dem Höhern beizubringen.

Nicht, daß sie nun gerade wie die leibhaftigen Engelein miteinander gelebt hätten und alles ineinandergegriffen hätte, wie ein gutes Rechenexempel – das eben nicht, gar manchmal wurde die

Lehrerin heftig und die Schülerin widerspenstig, aber sie ließen die Sonne nicht untergehen über ihrem Zorn und erzählten sich nachher selbst nützliche Exempel aus ihrer Vergangenheit.

Der Verkehr mit dem Pfarrhause war eine wohlthuende Abwechslung in ihr Stillleben und auch Leonore lernte die Abende dort dem Plauderbänkchen der Frau Hauschin, die nicht recht mehr zufrieden mit ihr war, weit vorziehen, sie hörte da so manches Gute und Schöne aus der ihr neuen Welt des Geistes, zu der sich ihr nun wenigstens ein schmales Pförtchen aufgethan und Sophie fand in dem kinderreichen Hause reichlich Gelegenheit, ideale und reale Fertigkeiten in freundlicher Aushilfe zu üben.

Auch Feste wurden hie und da im Schwesternhause veranstaltet, wenn Onkel Stadtpfarrers zu Gaste kamen, um den kleinen Haushalt zu erweitern. Es war ergötzlich zu sehen, wie sich Sophie als Hausfrau geberdete und mit Stolz den selbstverfertigten Pudding auftrug und wie jede der Schwestern die neuerworbenen Kenntnisse der andern in's Licht zu setzen suchte, um zugleich ihren Ruhm als Lehrerin zu erhöhen.

Lorchens Eroberungen auf dem Gebiete der Literatur blieben freilich gemäßigt, zwar verstieg sie sich auf Sophiens Antrieb bis zur Lektüre von Schillers Dramen und fand sie recht schön, jedoch ›ein wenig übertrieben,‹ aber sie schrieb nun doch einen hübschen korrekten Brief, sie wußte ihren Sonntag mit dem Lesen guter Andachtsbücher besser als sonst zu verbringen, und sie kopirte zu ihrem Privatvergnügen alle Kaufmannsnota's, die ihr in die Hand fielen und rechnete sie sorgfältig nach, versteckte jedoch diese Zeugen ihres Fleißes selbst vor der Schwester.

Unternehmender war Sophie als Köchin, sie wollte sich, – nicht zufrieden mit den gegebenen Rezepten, sogar in neuen Kompositionen versuchen, was Leonore aber zu gewagt und kostspielig fand.

12. Ein wunderbarer Zufall

Ein Lehrjahr war vorüber, der Frühling sandte seine Vorboten in's Land, und auch die Schwestern, so wohl sie sich in ihrem Stillleben befanden, fühlten doch, daß es nicht so bleiben könne, um so mehr, als ihre Ersparnisse sich sehr erschöpft hatten und der Fond des bescheidenen Vermögens nicht angegriffen werden sollte.

Sophie hatte längst schon die Gräfin gebeten, ihr wieder für eine passende Stelle zu sorgen, und auch Leonore wollte sich jetzt nach einem Wirkungskreis umsehen. Sophie hatte ihr im Scherz einmal gerathen, der Frau Römer zu schreiben, um ihr zu zeigen, welch' gute Feder sie jetzt führe, das aber hatte sie mit Indignation verworfen, es wäre ihr wie ein indirekter Antrag vorgekommen, und »gelehrt oder nicht gelehrt,« sagte sie zu der Schwester, die Mühe hatte, sie nach diesem Vorschlag wieder zu versöhnen, »ich bin ein Mädchen, ich will mich suchen lassen und nicht suchen, und zehnmal lieber sitzen bleiben, als *Einen* Schritt zu viel thun.« Sophie erröthete tief bei diesen Worten; war nicht ein leiser, ein ganz leiser Gedanke im Hintergrunde ihrer Briefe an die Gräfin gelegen? – Sie wollte lieber nicht daran denken; der Pfarrer hatte gewiß längst den Phönix gefunden, den er gesucht, die Gräfin hatte so wenig als sie selbst je seiner in ihren Briefen erwähnt.

Im Gedanken an eine nahe Trennung hielten die Mädchen noch inniger zusammen als zuvor, und pflegten recht mit Treue das kleine Hausgärtchen, um ein gutes Andenken zu hinterlassen, wenn sie nun bald der Weg wieder in die Fremde führe.

Es war ein stiller, schöner Morgen, als Sophie allein im Gärtchen beschäftigt war; sie hatte Kresse gesät: allerlei mysteriöse Namenszüge, die die Schwester nicht enträthseln konnte; und während sie das Beet begoß, flogen ihre Gedanken weit, weit weg über Thal und Hügel, da hörte sie eine Stimme, eine Stimme, ach, wie man nur Eine, nur eine einzige im ganzen Leben hört: »So fleißig, Fräulein Sophie?« sie blickte auf, am Gartenzaun stand der Pfarrer des Orts, neben ihm ein jüngerer Mann; – war's möglich? war's kein Traum? konnte sich in diesem wirklichen, nüchternen Leben etwas so Wunderbares ereignen? – Aber nur das Aufleuchten ihrer Augen, die tiefe Gluth, die ihre Wangen einen Augenblick überzog, zeigte ihre innere Bewegung bei dem Anblick des Fremden; mit ächt weiblicher Fassung grüßte sie zuerst den Pfarrer, und fragte dann, als ob sie ihrer Sache nicht recht gewiß wäre: »Herr Pastor Jürgens?« – »Und ein alter Freund, wie ich hoffe,« sagte der Pastor aus Holstein, ihr die Hand bietend; er war fast befangener als Sophie, und selbst dem Pastor Loci dämmerte eine Ahnung, als ob dies wunderbarliche Zusammentreffen von zwei alten Bekannten kein so *ganz* zufäl-

liges sei, obgleich Mannspersonen nicht mit absonderlicher Spür-
kraft in Herzensgeheimnissen begabt sind.

Es war wirklich Herr Pastor Jürgens aus Diepenbrok, dessen gute
Tante, Fräulein Ludovike, vor einigen Wochen gestorben war und
der, um sich zu zerstreuen und aus rein theologischen Interessen
die Versammlung des Gustav Adolphsvereins hatte besuchen wollen. Er hatte ein Empfehlungsschreiben an Pfarrer Horst in Altenzimmern, der in seiner Jugend in Norddeutschland gewesen war,
und war dessen Einladung gefolgt, ihn auf ein paar Tage zu besuchen, um auch das Landleben in Schwaben kennen zu lernen. Gestern Abend war er im Pfarrhaus eingetroffen; bei der Unterhaltung
über die Ortsverhältnisse war auch die Rede auf die verwaisten
Schwestern gekommen und die Pfarrerin hatte ihm das Leben und
Streben der zwei Mädchen gar ansprechend geschildert. Als ihre
Namen genannt wurden, vermuthete er fast mit Gewißheit, daß er
Eine der Schwestern schon früher im Hause der Gräfin Stein als
Gouvernante gesehen haben werde, und der Pfarrer führte ihn auf
dem Morgenspaziergang an dem kleinen Schwesternhause vorüber;
so stellte sich die Sache der glaubigen Pfarrfamilie dar. O du grund-
redlicher Pastor Jürgens, von dem Tante Ludovike rühmte, daß du
ein Nathanael ohne Falsch seiest, warum hast du denn gänzlich
verschwiegen, daß die Gräfin so freundlich war, dir, auch zufällig
und gelegentlich, alle Briefe Sophiens mitzutheilen, daß du vollkommen gut wußtest, wo die zwei Schwestern lebten und Wie sie
lebten, und daß der einzige freundliche Zufall bei der Sache war,
daß du gerade auf dieses kleine Fleckchen Erde ein Empfehlungsschreiben bekommen konntest?! – »Wie sonderbar,« meinte auch
Sophie, als sie mit glühenden Wangen und klopfendem Herzen
Leonoren die Begegnung erzählte, »wie sonderbar, daß Pastor
Jürgens gerade hieb,er kommen mußte!« – »Ueberaus sonderbar,«
sagte Lorchen ironisch; »o geh, ich bin nicht so dumm als ich ausse-
he, ich weiß auch, was die Glocke geschlagen hat!«

Die Schwestern wurden im Pfarrhaus zu Mittag geladen, und Leonore, als die Aelteste, lud, nach manchem Bedenken Sophiens,
Pfarrers nebst ihren: Gast zum Abendthee.

Wenn nun auch der Pfarrer wohl gewußt hatte, daß er Sophie
hier traf, so hatte er doch nicht gewußt, *wie* liebenswürdig sie sich in

ihrer häuslichen Geschäftigkeit ausnahm. Seine schüchterne bedachtsame Liebe machte riesige Fortschritte, kein Erwägen und kein Ueberlegen hätte ihn mehr abhalten können, die Frage auszusprechen, die Eine bedeutsame Frage, auf die er einer süßen Antwort so ziemlich gewiß war.

Die grüne Laube des kleinen Gärtchens, wo sonst nur stille Wittwen ihrem vergangenen Glück nachgeträumt hatten, wurde nun auch einmal zur Wiege eines jungen Glückes, aber nicht lange, der Pastor mußte abreisen, und das war gut, denn die Dorfbewohner hatten großen Anstand au der bräutlichen Zärtlichkeit genommen, und fanden die ›g'scheidte Pfarrjungfer‹ sehr ungescheidt, daß sie sich am Arm führen lasse, wo sie doch allein laufen könne.

Nun gab's erst Uebung im Nähen, als die Schwestern zusammen die Aussteuer machten, und Leonorens praktische Tüchtigkeit und Geschick zeigte sich in vollem Glänze. Im Herbst durfte sie der Schwester den Brautkranz in die Locken flechten und Onkel Stadtpfarrer segnete den Bund mit tiefer Rührung in der kleinen Kirche, wo einst der Vater Sophie getauft hatte.

Wie gern hätte Sophie der Schwester den Liebesdienst erwiedert! Sie glaubte, es komme die Gelegenheit dazu, als kurze Zeit vor ihrer Hochzeit ein Brief der Frau Römer an Leonoren anlangte. Leonore, die kühle, besonnene, vernünftige Leonore konnte kaum vor innerem Zittern das Siegel erbrechen. Wie gespannt war Sophie auf den Inhalt! Aber Lorchen wandte sich ab, als sie den Brief gelesen hatte, und blieb eine Weile still im Schlafstübchen, dann stieg sie auf den Boden, dann trug sie die zehnmal gesonnten Betten nochmals an die Sonne, dann grub und jätete sie im Gärtchen, wo nichts mehr zu jäten war, kurz, sie arbeitete viel und sprach nichts.

Bei Nacht erst, als das Licht ausgelöscht war, vertraute sie der Schwester, was in dem Briefe gestanden war. Frau Römer hatte sie gefragt, ob sie nicht wieder als Jungfer bei ihr eintreten wollte, ihr Sohn sei seit einem Jahr verheirathet, die junge Frau habe Zwillinge und sei dadurch erstaunlich in Anspruch genommen, ihr eigenes Fußleiden habe sich aber sehr verschlimmert und eine treue umsichtige Hilfe thäte ihr Noth. »Was Schreiben und Rechnen anbelangt,« schrieb sie ihr, »so wird das wenig an Sie kommen, da meine

Sohnsfrau sehr bewandert in der Feder ist, sonst habe ich in allen Stücken das beste Zutrauen zu Ihnen, Jungfer Winter.«

Leonore theilte das Sophien in kurzen Worten mit, ohne Kommentar, und Sophie nahm sie ohne Kommentar in die Arme und weinte herzlich mit ihr, bis sie Beide einschliefen.

Am andern Morgen lehnte Leonore dankend das Anerbieten der Frau Römer ab, da sie gegenwärtig ihrer Schwester noch nöthig sei; gesprochen wurde nichts mehr darüber. Leonore aber hat nicht vergebens diese schwerste Schule stiller Entsagung durchgemacht.

13. Zu guter Letzt

Und nun sehen wir noch einmal in das Pfarrhaus bei den grünen Linden, wo Sophie als glückliche Frau Pastorin lebt und waltet. Es sind zehn Jahre des Glückes und Friedens, die sie hier verlebt hat; aber Lehrjahre waren es auch noch, ohne Lehrgeld ging es nicht ab, sie mußte gar oft erfahren, wie auch das Glück der Herzen abhängig ist von den Kleinigkeiten, die eine Frau nie ungestraft vernachlässigt, und manche stille Thräne war aus den hellen Augen geflossen, wenn sie die Nachsicht und Geduld ihres Mannes in Anspruch nehmen mußte, da wo sie sich gerne gewaidet hätte an seiner Freude und Zufriedenheit. Aber wie die Lehrjahre hienieden nie ganz ein Ende nehmen, so ist es auch zum Lernen nie zu spät für Alle, denen es Ernst damit ist.

Leonore hat sich in dienender Liebe, in aufopfernder Thätigkeit als treue Schwester bewährt, nun aber weilt sie in Sophiens Nähe am eigenen Herd als die Gattin eines Gutsbesitzers, dessen mutterlosen Kindern sie eine gute Mutter geworden ist. Sie gilt als Muster einer vortrefflichen Hausfrau, »wenn sie gleich eine Fremde ist«,und Schwager Jürgens lächelt oft über den Eifer, mit dem sie für gehörigen Unterricht ihrer Kinder sorgt, wie er sich ergötzt an den schönen, lehrreichen Reden über weiblichen Fleiß und häusliche Tüchtigkeit, die seine liebe Sophie an ihre Mädchen hält, die sich sogar schon zu der Drohung verstieg, alle Bücher zu verbrennen, wenn sie darüber die Handarbeiten versäumen sollten.

Durch Onkel Stadtpfarrers stehen die Schwestern noch in stetem, freundlichem Verkehr mit der Heimath. Onkel Professor hat, so viel mir bekannt ist, fünf von seinen eigenthümlich Erzogenen nach

Amerika spedirt; Otto fungirt dort als Kaminfeger mit allerlei Nebenämtern, Heinrich ist Oberkellner, Ludwig Hausknecht und Richard mit der schönen Stimme, Pfarrer daselbst geworden.

Tante Maier lebt als Wittwe bei ihrer Tochter, in deren Hause sie mit grimmiger Thätigkeit schaltet und bitterlich klagt, daß so wenig Segen und Freude bei dem Reichthum sei, den sie doch mit so saurer Mühe erworben und zusammengespart habe.

Ob nun vielleicht zur Abwechslung Sophiens Töchter Haushaltungsgenies und die Leonorens Gelehrte werden, weiß ich nicht; auf jeden Fall ist ihnen zu gönnen, wenn ihre Laufbahn zu so glücklichem Ziele führt, wie die Lehrjahre der zwei Schwestern.

Über tredition

Eigenes Buch veröffentlichen

tredition wurde 2006 in Hamburg gegründet und hat seither mehrere tausend Buchtitel veröffentlicht. Autoren veröffentlichen in wenigen leichten Schritten gedruckte Bücher, e-Books und audio-Books. tredition hat das Ziel, die beste und fairste Veröffentlichungsmöglichkeit für Autoren zu bieten.

tredition wurde mit der Erkenntnis gegründet, dass nur etwa jedes 200. bei Verlagen eingereichte Manuskript veröffentlicht wird. Dabei hat jedes Buch seinen Markt, also seine Leser. tredition sorgt dafür, dass für jedes Buch die Leserschaft auch erreicht wird.

Im einzigartigen Literatur-Netzwerk von tredition bieten zahlreiche Literatur-Partner (das sind Lektoren, Übersetzer, Hörbuchsprecher und Illustratoren) ihre Dienstleistung an, um Manuskripte zu verbessern oder die Vielfalt zu erhöhen. Autoren vereinbaren direkt mit den Literatur-Partnern die Konditionen ihrer Zusammenarbeit und partizipieren gemeinsam am Erfolg des Buches.

Das gesamte Verlagsprogramm von tredition ist bei allen stationären Buchhandlungen und Online-Buchhändlern wie z. B. Amazon erhältlich. e-Books stehen bei den führenden Online-Portalen (z. B. iBookstore von Apple oder Kindle von Amazon) zum Verkauf.

Einfach leicht ein Buch veröffentlichen: **www.tredition.de**

Eigene Buchreihe oder eigenen Verlag gründen

Seit 2009 bietet tredition sein Verlagskonzept auch als sogenanntes "White-Label" an. Das bedeutet, dass andere Unternehmen, Institutionen und Personen risikofrei und unkompliziert selbst zum Herausgeber von Büchern und Buchreihen unter eigener Marke werden können. tredition übernimmt dabei das komplette Herstellungs- und Distributionsrisiko.

Zahlreiche Zeitschriften-, Zeitungs- und Buchverlage, Universitäten, Forschungseinrichtungen u.v.m. nutzen diese Dienstleistung von tredition, um unter eigener Marke ohne Risiko Bücher zu verlegen.

Alle Informationen im Internet: **www.tredition.de/fuer-verlage**

tredition wurde mit mehreren Innovationspreisen ausgezeichnet, u. a. mit dem Webfuture Award und dem Innovationspreis der Buch Digitale.

tredition ist Mitglied im Börsenverein des Deutschen Buchhandels.

Dieses Werk elektronisch lesen

Dieses Werk ist Teil der Gutenberg-DE Edition DVD. Diese enthält das komplette Archiv des Projekt Gutenberg-DE. Die DVD ist im Internet erhältlich auf **http://gutenbergshop.abc.de**

MIX

Papier | Fördert
gute Waldnutzung

FSC® C083411

Zeitfracht Medien GmbH
Ferdinand-Jühlke-Straße 7
99095 Erfurt, Deutschland
produktsicherheit@kolibri360.de